KB078237

선마님,
부활
하셨도다

천마님, 부활하셨도다 9

정영교 新무협 판타지 소설

초판 1쇄 찍은 날 § 2017년 9월 6일
초판 1쇄 펴낸 날 § 2017년 9월 13일

지은이 § 정영교
펴낸이 § 서경석

편집책임 § 신보라

펴낸곳 § 도서출판 청어람
등록번호 § 제387-1999-000006호
등록일자 § 1999. 5. 31
어람번호 § 제2-2719호

주소 § 경기도 부천시 부일로 483번길 40 서경B/D 3F (우) 14640
전화 § 032-656-4452 팩스 § 032-656-4453
http://www.chungeoram.com
E-mail § chungeorambook@daum.net

ⓒ 정영교, 2017

ISBN 979-11-04-91443-0 04810
ISBN 979-11-04-91193-4 (세트)

정영교 新무협 판타지 소설
FANTASTIC ORIENTAL HEROES

9

도서출판 청어람

선마법, 부활하였도다

目次

55장

혈마 강림

구양가의 시조 구양조가 이곳 백타산에 터를 잡은 이래 백타산장이 침략이나 공격을 당한 일은 극히 드물었다.

거의 대개가 산장에 들어오기 전에 해결될 만큼 구양 일족의 힘은 강했다.

처음 구양가 역시도 중원의 명문세가처럼 씨족으로 마을을 형성할 만큼 번창한 적이 있었다.

그러나 구양가의 독문 무공이 극양의 독공이다 보니 무공이 강해질수록 후대가 귀할 수밖에 없었다.

그렇게 씨가 귀해지면서 천 년이라는 세월이 흐르고, 구양가는 일인전승이라는 체계로 바뀌었다.

비록 일족의 수는 한정적으로 줄었으나 그 무공은 천하제일을 다툴 만큼 강해졌기에 서역 출신의 구양가가 중원에서도 다섯 패자 중 한 자리를 차지한 것이다.

그런 백타산장이 천 년 만에 처음으로 적들이 들끓는 상황을 맞이하고 말았다.

그것도 인간이 아닌 죽은 괴물이라 불리는 강시들에게 말이다.

"크와아아아아아!"

산장 내로 짐승의 울음소리가 울려 퍼졌다.

강시들은 닥치는 대로 살아 있는 사람들을 향해 날카로운 이를 드러냈다.

강시에 물린 산장의 여시종들과 여무사들은 얼마 지나지 않아 새로운 강시가 되어 사람들을 습격했다.

그야말로 기하급수적으로 늘어가는 형태였다.

그러나 이것을 그대로 보고 있을 구양경이 아니었다.

"이 괴물들이 감히!"

일반적인 독은 서서히 혈맥부터 시작해 오장육부와 육신을 잠식해 가는 형태를 띠지만 극성에 이른 구양경의 독공은 단단한 암석 바위마저 단번에 부식시킬 만큼 독성이 강했다.

치이이이익!

"크에에에에에에!"

구양경의 일장에 맞은 강시가 비명을 지르더니 이내 썩은 내와 함께 녹아내렸다.

강시의 핵을 포함한 육신 전체를 녹여 버리니 당연히 재생할 수 없었다.

"역시 장주님이시다!"

"와아아아아아!"

구양경이 나서서 독공으로 강시들을 무자비하게 없애 버리자 산장의 식솔들이 환호성을 질렀다.

구양경을 중심으로 백타산장 내의 살아남은 이들이 모여들었다.

사월방주 오균 역시도 용케 살아남아서 구양경이 있는 산장의 중심부로 도망쳐 왔다.

먼저 도망쳐서 구양경의 근처로 와 있던 당유미가 반가움에 눈물을 터뜨렸다.

"외당주!"

사월방주 오균의 곁에는 당가의 외당주 관서가 함께했다.

강시에게 물려서 다른 강시가 되었을 줄 알았는데 그는 물리는 순간 자신의 팔을 잘라내 가까스로 강시가 되는 것을 피할 수 있었다.

접객당의 근처에 있던 오균이 우연히 이를 발견하고 도움을 쥐서 겨우 강시들로부터 목숨을 부지할 수 있었다.

"아가씨!"

"흐흑! 사, 살아 있어줘서 고마워요, 외당주."

아무리 이기적인 그녀라고 하나 세가의 식솔인 외당주가 죽길 바랄 리가 없었다.

혼자만 도망쳤다는 죄책감에 사로잡혀 있던 차에 관서가 살아 있으니 한결 마음이 편해졌다.

"여기 계신 오 방주님이 아니었으면 죽었을 겁니다."

오균 덕분에 목숨을 부지한 관서는 진심으로 그에게 감사했다.

좀 전만 하더라도 최악의 위기라고 생각했는데 구양경이 본격적으로 나선 이후로 분위기는 반전되었다.

휘리리리릭! 파파파파팡!

구양경이 사장을 휘두를 때마다 강시들이 보랏빛 독강에 파괴되었다.

아무리 재생력이 강한 강시들이라고 해도 육신이 통째로 녹아내리니 어쩔 도리가 없었다.

'이놈들은 두려움이 없나?'

이쯤 되면 이성이 있는 적이라면 상대가 되지 않음을 깨닫고 덤비지 않는다.

하지만 강시들의 단점이자 장점은 상대가 아무리 강해도 두려움을 느끼지 않는다는 것이었다.

"크와아아아아!"

강시들이 짐승같이 울부짖으며 구양경을 향해 달려들었다.

어차피 이들을 제대로 없앨 수 있는 자는 산장 내에서 자신뿐이었기에 잘된 일이지만 정말 위험한 괴물이었다.

"죽어랏!"

구양경은 보랏빛 독강을 크게 휘두르며 단번에 강시들을 휩쓸었다.

그야말로 파죽지세라 할 수 있었다.

그런 구양경의 놀라운 신위를 보면서 좌중은 놀라움을 금치 못했다.

'어쩌면 구양 장주야말로 진정한 천하제일인이 아닐까.'

이 괴물들의 정체가 무엇인지는 몰라도 만약에 무림 한복판에 이것들을 풀어놓는다면 최악의 혼란을 가져올 것이다.

그런데 구양경은 너무도 쉽게 강시들을 제거하고 있었다.

과연 다른 오황들은 이런 신위가 가능할지 의문이 들었다

'구양 장주님만 여기 있다는 것은 그분은 이미 죽은 것인가.'

구양경의 놀라운 신위에 살았다고 안도하는 한편으로 보이지 않는 천마의 안위가 궁금해지는 당유미였다.

구양경이 산장 내의 강시들을 정리하고 있는 사이, 백타산

의 산봉우리 바위 위에서는 심상치 않은 일이 벌어지고 있었다.

"오랜만이군, 천마."

두 눈의 흰자위까지 전부 붉게 물든 이석의 목소리는 본인의 것이 아니었다.

그것은 천 년이 지나도 절대로 잊을 수 없는 목소리였다.

"혈… 마."

혈마(血魔).

무림 절멸을 외치는 혈교를 창시한 자이자 무림 역사상 최악의 종사로 불리는 남자이다.

그는 혈교를 창시해서 무림인의 씨를 거의 말리다시피 한 파괴적이고 피를 부르는 악마와도 같은 인물이었다.

혈마가 천 년 전에 천마의 손에 목이 베이지 않았다면 현재의 무림은 존재하지 않았을 것이다.

우드득!

알 수 없는 술법으로 이석의 몸을 차지한 혈마가 목을 돌리며 몸을 풀었다.

익숙하지 않은 육신을 확인하는 모양이었다.

"어이, 언제까지 쥐고 있을 작정이냐?"

"아아, 그렇군."

촤악! 투둑!

혈마가 미처 손을 떼기도 전에 천마가 현천검을 그의 손아귀에서 회수했다.

절세명검답게 검을 빼기만 했는데도 혈마의 나머지 왼손 손가락들이 잘려 나갔다.

고통스러울 만도 한데 혈마는 어떤 내색도 없었다.

"현천검?"

하지만 검이 어떤 검인지를 알아보고는 눈에 이채를 띠었다.

만들어지자마자 북해 마맥의 중심지를 봉인시켜 얼음 속에 사장되었던 현천검이다.

그런데 혈마가 이것을 어떻게 알아본 것일까?

"흠, 정말 오랜만에 보는군. 궁가에서 만든 그 검 말이야."

"뭐, 네놈의 목을 다시 베려고 가져왔지."

천마가 능청스럽게 날카로운 예기를 내뿜는 현천검을 붕붕 휘둘렀다.

혈마가 입꼬리를 올리며 말했다.

"북해로 보낸 녀석들을 없앤 것이 너였군, 천마."

"아, 그치들?"

북해 정벌대를 정리하기 위해서 보낸 정예를 잃은 혈마는 여태까지 그 원인을 다른 인물로 오인하고 있었다.

그러나 천마의 손에 들린 현천검을 보자 확실하게 그 범인을 알게 되었다.

천마가 그런 혈마를 향해서 다시 현천검의 검 끝을 들이밀며 말했다.

"됐고, 뭐 하러 저승에서 여기까지 기어 올라와서 다시 죽으려고 애를 쓰는 거냐?"

"…여전히 오만하구나, 네놈은."

"머저리 같은 옛 지인이 헛된 망상을 품고 있으니 말이야."

옛 지인이라는 말에 혈마의 표정이 묘하게 일그러졌다.

마치 그것을 인정하지 않는다는 듯이 노기가 서린 목소리로 말했다.

"누가 네놈의 지인이라는 거냐? 네놈은 내게 있어서 밟고 지나가야 할 언덕에 지나지 않아."

솨아아아아!

혈마가 몸을 일으켜 세우자 상상을 초월하는 기세가 뿜어져 나왔다.

그의 몸 전체에서 풍겨져 나오는 혈마기는 이석의 몸이라고는 믿기지 않을 정도로 폭증해 있었다.

"남의 몸으로 부단히 애쓰는군."

"과연 그럴까?"

아무렇지도 않게 비웃는 천마였지만 다른 이였다면 무시하기 힘든 괴물 같은 기세였다.

혈마기에서 흘러나오는 사악한 기운에 주변의 공기가 팽배해져 사방이 붉은 아지랑이로 가득해졌다.

"이건……."

화경의 경지는 육신의 조화를 이루는 단계라 하여 운기의 자유로움을 얻는다.

이 경지를 넘어서 현경에 경지에 오른 자는 대자연의 기운을 빌릴 수 있어서 내공에 있어서 제한이 없어지게 된다.

이것은 무림에 있어서는 지고의 경지라 불렸지만 그 위의 경지가 존재하지 않을 리는 없었다.

역대 무림사에 있어서 단 세 사람만이 이 경지에 올랐다고 알려져 있다.

대연경(大連境).

그것은 마음에 가는 대로 기(氣)를 다룰 수 있는 경지.

무를 연마하는 모든 무인이 가장 이상적으로 생각하는 최고의 경지였다.

솨아아아아아!

바닥에서 피어오른 붉은 아지랑이와도 같은 기운이 구름처럼 붉은 운무를 형성하더니 회오리를 치며 하늘 위로 솟구쳤다.

주변 대자연의 기운이 전부 혈마기화된 것이다.

'이건?'

백타산장 내에서 강시들을 정리하고 있는 구양경이 문득 산 위에서 느껴지는 엄청난 기운에 인상을 찡그렸다.

살면서 이렇게까지 사악한 기운은 느껴본 적이 없었다.

산 정상에서 일어난 붉은 회오리의 매서운 바람이 사방으로 뻗어나가고 있었다.

'대체 산꼭대기에서 무슨 일이 벌어진 것인가?'

현경의 극에 이른 후로 오황을 비롯해 무림의 어떤 누구도 자신의 상대가 되지 않을 거라 자부하던 구양경이다.

그런데 산 위에서 느껴지는 이 말도 안 되는 기운은 오황인 그의 손에 식은땀이 어리게 만들 정도였다.

부우우우웅!

이석의 몸을 차지한 혈마의 몸이 허공으로 조금씩 떠올랐다.

대자연의 기운을 통해 무한한 공력으로 대지를 밀어냄으로써 공간의 제약이 없어졌다.

허공에 떠오른 혈마가 오만한 눈빛으로 천마를 내려다보며 말했다.

"천마, 네놈은 지금의 내게 있어서 벌레와도 같다."

"개소리를 지껄이는 건 여전하군."

"허세 떨지 마라!"

혈마의 눈빛이 번쩍이자 그들을 가둔 붉은 회오리에서 수많은 붉은 강기가 뻗어 나와 천마를 향해서 쇄도해 왔다.

이에 당황해하지 않고 천마는 신중하게 쇄도해 오는 강기를 보법을 펼쳐 유연하게 피해냈다.

콰콰콰쾅!

바위 바닥을 뚫고 들어가는 붉은 강기의 위력은 가히 경천동지할 만했다.

얼마나 깊게 파였는지 가늠하기 힘들 정도였다.

콰르르르릉!

떨어지는 붉은 유성우와도 같은 강기가 산봉우리를 뚫고 들어가자 그 여파가 산 중턱에 있는 백타산장까지 미쳤다.

쿵쿵!

산 위에서 부서진 암석 덩어리가 떨어지며 산장 건물들을 부쳤다.

"큭! 이게 무슨 날벼락이야!"

쾅!

구양경의 보랏빛 독강이 하늘에서 떨어지는 부서진 암석들을 막아냈다.

쉴 새 없이 떨어지는 암석들에 정신이 없을 지경이었다.

그 탓에 산장 내로 침투한 대다수의 강시들을 정리한 구양경은 숨 돌릴 새도 없이 떨어지는 암석들을 처리하느라 진땀을 빼야 했다.

"언제까지 피할 수 있을 것 같으냐?"

수많은 붉은 강기를 용케 잘 피하는 천마를 보며 혈마가 비웃었다.

과거와 입장이 바뀌어 자신이 그를 위협하는 위치에 있다는 생각에 의기양양해진 것이다.

그러나 본인의 육신도 아닌 타인의 것으로 한계가 없을 리 없었다.

푸식! 푸식!

혈마가 차지한 이석의 전신에서 핏줄이 터져 나가며 피가 작은 분수처럼 솟구쳤다.

'시간이 모자라군.'

이석의 몸이 정상적인 상태였다면 조금 더 가능했겠지만 이미 부상을 입었기에 혈마의 힘을 감당하기 힘들었다.

"하지만 네놈을 처단하기에는 부족하지 않다!"

휘이이이이이이이이!

혈마가 더욱 기운을 끌어 올리자 산꼭대기에서 몰아치는 붉은 회오리가 폭이 좁아지며 천마가 움직일 수 있는 보폭에 점차 제한이 생겼다.

혈마가 왼손을 들어 올려 천마를 향해 뻗자 붉은 강기가 응집하며 거대한 덩어리가 되었다.

혈마기로 몰아치는 회오리의 내부를 가득 메운 강기의 덩어리는 보법으로 피할 공간조차 없게 만들었다.

"이제 끝이다, 천마!"

혈마가 회심의 일격을 날렸다.

그런데 이상했다. 위기의 순간에도 천마의 얼굴에는 두려움이나 근심이 보이지 않았다.

오히려 비웃음이 가득했다.

"끝 같은 소리 하네."

"뭐?"

촤아아아악!

그때 천마의 현천검이 검게 물들며 떨어지는 붉은 강기의 덩어리를 갈랐다.

검은 선이 하늘 위로 생겨나며 떨어지는 강기의 덩어리를 비롯한 붉은 회오리를 통째로 베어냈다.

검이나 뾰족한 것에서 느껴지는 날카로운 기운을 예기(銳氣)라고 한다.

서독황 구양경은 산중턱으로 떨어지는 암석들을 부수며 산꼭대기에서 벌어지는 사태를 예의 주시하고 있었다.

이 말도 안 되는 사악한 기운의 근원은 분명 그 파란 가면의 남자일 것이다.

자신조차도 단지 느껴지는 기운만으로 승부를 장담할 수

없는 자를 과연 그 마교인이 해결할 수 있을지 우려되었다.

'비겁하다고 할 게 아니다. 놈의 목적이 나라면 마교인을 없 앤 뒤 분명 산장을 노릴 게 틀림없다.'

생각해 보니 분명 그 파란 가면의 다음 목적은 구양경 그 자신일 것이다.

그렇다면 어떻게든 그자를 없애야만 했다.

단단히 마음먹은 구양경은 마지막으로 떨어지는 암석들을 보랏빛 독강으로 녹여 버린 뒤 곧장 산꼭대기를 향해 경공을 펼쳤다.

타타탁!

현경의 경지인 구양경의 경공 실력은 경사진 가파른 바위 산을 거의 날아가다시피 할 정도로 빨랐다.

산꼭대기로 다가갈수록 붉은 회오리에서 뻗어 나오는 혈마 기의 사악한 기운이 강렬해졌다.

'지독할 정도로 사악한 기운이다. 인간의 몸으로 저런 게 가능하단 말인가?'

그런 한편으로 저 붉은 회오리를 뚫고 들어가는 것도 문제 였다.

분명 기로써 일으키는 회오리 같은데 그 규모가 상상을 초 월했다.

"엇?"

그런데 산꼭대기에서 하늘 위로 치솟던 붉은 회오리가 점차 폭이 좁아져 갔다.

기이한 현상이었지만 덕분에 정상 위에 발을 디딜 틈이 생긴 구양경은 무사히 산꼭대기 위로 안착할 수 있었다.

고오오오오!

"이건 대체 무슨……."

회오리의 폭이 좁아진 순간 그 내부에서 방대한 기가 밀집되는 것이 느껴졌다.

그것은 분명 강기인 듯했는데 모인 기운만 하더라도 통상의 강기를 아득히 넘어섰다.

이런 거대한 강기라면 백타산을 부수고도 남을 수준이다.

"크으! 세상에 이런 괴물이 존재했다니……."

놀라움보다도 우선 회오리를 뚫고 들어가 마교인을 지원해야 했다.

바로 그 순간이었다.

좌아아아아악!

온몸에 소름이 돋을 정도로 날카로운 예기와 함께 산꼭대기 위에서 하늘 높이 치솟은 거대한 회오리가 일순간에 두 동강이 났다.

눈으로 보고도 믿기지 않을 만큼 경악스러운 순간이었다.

"허억! 어찌 이런 일이……."

구양경의 눈에 회오리를 가르는 검은 선이 선명하게 보였다.

검은 선은 분명 검(劍) 그 자체였다.

거대한 회오리가 갈라지자 사방을 붉게 물들이던 아지랑이와 세찬 바람이 수그러들었다.

그와 함께 가려져 있던 회오리의 내부가 모습을 드러냈다.

허공에 떠 있는 한 인영이 보였는데, 붉은 안광의 눈을 보아 분명 파란 가면을 쓰고 있던 그 남자가 틀림없었다.

"처, 천마 이, 이노오옴!"

강기를 통틀어 회오리째 베어버린 놀라운 일검에 혈마 역시도 당혹감을 감추지 못했다.

새로운 육신을 얻은 것은 비단 자신뿐만이 아니었다.

천마의 젊은 외모를 보면 분명 부활한 지 그리 오래되지 않았을 터인데, 이 정도까지 힘을 회복했다는 것이 이해할 수 없었다.

"끄으으으으윽!"

촤아아아아악!

검이 가른 것은 단순히 강기와 회오리뿐만이 아니었다.

혈마의 오른쪽 어깨부터 시작해 왼쪽 허벅지 위까지 사선으로 몸이 갈라졌다.

전신에서 피가 뿜어져 나오며 허공에 떠 있던 혈마의 몸이 두 조각으로 갈라져 산봉우리 아래로 떨어졌다.

"흥!"

천마가 반으로 갈라져 바닥에 떨어진 혈마에게 걸어왔다.

그리고 오만하게 그를 내려다보며 말했다.

"이게 네놈의 위치다, 버러지야."

몸이 반으로 갈라졌지만 강제로 차지한 육신이서 그런지 여전히 숨이 끊어지지 않은 혈마가 어이가 없다는 듯이 천마를 노려보다 실소를 터뜨렸다.

"크크크크큭, 여전히 오만하다 못해 광오하구나, 천마."

"헛소리 지껄이지 말고 네놈이 어디 있는지나 말해라. 다시 한 번 네놈의 목을 베어주마."

혈마의 본신을 죽이지 않았기에 이 싸움은 무의미하다고 볼 수 있었다.

탐색전을 통해서 천마의 힘을 가늠하기 위한 혈마의 꼼수였다.

그렇기에 천마는 자신의 힘을 전부 발휘하지 않고 마지막에 와서 단 일 수만을 보여준 것이다.

"내 목을 베어? 크크크크큭, 우습구나. 과연 예전처럼 그게 가능할까? 천 년 전과 같다고 생각하지 마라, 천마."

"일 수에 베인 주제에 허세 부리기는."

빈정거리는 천마의 말에 혈마가 인상을 찌푸렸다.

남의 말이나 기분 따위는 전혀 신경 쓰지 않는 안하무인의 태도는 여전했다.

그의 계획에 천마가 포함되어 있진 않았지만 상관없었다. 천 년 전과는 비교도 되지 않을 만큼 오랜 기간 준비된 대계였다.

"뭐, 어차피 네놈이 말할 거라고는 생각하지 않았다."

탁!

천마가 혈마의 머리에 손을 짚었다.

그것은 원영신의 개방을 통해 혈마의 본신이 어디에 있는지 추적하기 위해서였다.

천마가 반선의 경지에 올라 선도의 힘을 일부 사용할 수 있다는 것을 모르는 혈마는 의아해할 수밖에 없었다.

'설마 술법을 쓰려는 것인가?'

천마라는 인물은 천 년 전부터 무(武)의 극을 지향했기에 술법을 사도 취급하며 우습게 여겼다.

그런데 자신의 위치를 추적하기 위해 술법을 펼치려 한다고 오인한 혈마의 입에서 실소가 흘러나왔다.

"크크큭, 네놈이 술법을 쓰려 하다니, 그런 수작으로 나를 찾을 수 있을 것 같으냐!"

"흥! 두고 보면 알겠지."

천마의 안광이 검게 물들며 원영신의 이 단계 개방에 들어가려 했다.

혈마가 그것에 가만히 당할 리가 없었다.

"우습구나, 천마여. 크크큭. 그래, 능력이 된다면 한번 찾아
봐라. 그전에 살아남는다면 말이지."

그 말이 끝남과 동시에 혈마의 잘린 넝마와 같은 몸에 붉은
반점이 생겨났다.

그러더니 뜨거운 열기가 들끓으며 하얀 수증기가 피어올랐
다.

혈마는 전신의 내공과 남아 있는 혈마기를 증폭시켜 강제
로 폭발시킴으로써 천마를 죽이려는 것이다.

"칫!"

자폭을 시도하려는 것을 눈치챈 천마가 원영신의 이 단계
를 풀고 뒤로 물러나려 했다.

그러나 혈마의 잘린 상반신이 붕 떠올라 남아 있는 왼손으
로 천마의 다리를 붙들었다.

"하아, 끝까지 해보자는 거군."

천마가 어이없다는 표정을 지었다.

천마의 다리를 붙들고 늘어진 혈마가 광기 넘치는 표정으
로 섬뜩하게 웃어 보였다.

"크크큭, 살아남는다면 보게 될……."

팍!

"크윽!"

그런 혈마를 천마가 발로 차올렸다.

덕분에 폭발하기 직전에 혈마의 몸이 위로 떠올랐다.

온몸이 뜨거운 열기로 붉게 물들어 하얀 수증기로 뒤덮이려고 하는 혈마를 향해 천마가 의미심장한 목소리로 경고했다.

"찾으면 죽는다."

푹!

천마의 현천검이 하얀빛으로 물들며 혈마의 미간을 찔렀다.

그 순간 혼의 연결이 끊기며 이석의 붉게 부풀어 오른 몸이 거대한 폭발을 일으켰다.

콰아아아아아아아앙!

검붉은 폭발의 위력이 어찌나 강렬했는지 백타산 전체가 굉음과 함께 진동으로 들썩였다.

넋을 놓고 이를 지켜보고 있던 구양경이 반탄강기를 펼쳐 폭발의 여파를 막아냈다.

'코앞에서 자폭하는데 검을 찔러 넣다니 제정신이 아니군.'

무슨 수를 써서라도 밀쳐내고 피해야 했다.

사파의 무공 중에 스스로 몸을 폭사시켜 동귀어진을 하는 수법은 흔했다.

하지만 자폭을 해도 주변 사람들에게 피해를 주는 정도이지 이 정도면 수많은 폭약을 동시에 터뜨려야 가능한 폭발력이었다.

'클클, 그래도 이대로 죽어줘서 고맙기는 하네.'

사실 자폭을 시도했을 때부터는 중간에 개입해서 도와줄 수도 있었지만 구양경은 그러지 않았다.

눈앞에서 현경의 경지를 넘어서는 두 사람을 보았다.

스스로를 천하제일이라 자부하던 자긍심이 일순간에 부서지는 순간이었다.

처음 느껴보는 패배감에 젖어든 구양경은 알 수 없는 감정으로 복잡해져 왔다.

'본 장주가 서역에 박혀 있는 동안 무림의 수준이 오른 것인가.'

물론 그것은 아니었지만 오해할 수밖에 없는 상황이다.

그렇다고 해도 무자로서의 긍지라는 것이 있었기에 중간에 개입하기보다는 자멸하기를 바랐다.

휘이이이이잉!

뜨거운 햇볕이 내려쬐는 사막의 바위산인 백타산의 산봉우리 위로 폭발의 여운이 가시면서 뿌연 연기가 사방으로 퍼져 나갔다.

"후우."

구양경이 주변을 가득 메운 매캐한 연기를 향해 손을 휘저었다.

그러자 강한 진기로 인한 바람이 일어나 폭발의 여파로 생겨난 연기가 밀려났다.

이윽고 눈앞을 가리고 있던 연기가 가시자 구양경의 얼굴이 일그러졌다.

"이럴 수가……!"

폭발에 휘말려 형체도 알아보기 힘든 죽음을 맞이했을 거라 여겼다.

그런데 놀랍게도 폭발의 한가운데 지점에 검은 운무가 원구의 형태로 고스란히 남아 있었다.

연기가 전부 가시자 검은 원구 형태로 유형화되었던 마기가 그 안에 있는 남자의 몸으로 빨려 들어갔다.

그는 바로 천마였다.

"하……!"

'저놈은 정말 괴물이란 말인가? 이 폭발에서 살아남다니……'

허탈한 나머지 한숨이 나올 지경이었다.

워낙 말도 안 되는 무위를 보여서 혹시나 하는 마음은 있었지만 설마 생채기 하나 나지 않고 그 폭발을 견딜 줄은 몰랐다.

'본 장주와 싸울 때의 실력은 전력을 발휘하지 않은 거였군.'

방금 전에 보인 일검을 진즉에 발휘했다면 구양경 역시 어찌 막아볼 틈도 없이 반 토막이 났을 것이다.

가지고 놀았다는 기분에 심기가 불편해진 구양경이었지만 내색하진 않았다.

구양경이 천마를 향해 달려가 안위를 걱정하는 척했다.

"공, 괜찮으시오?"

그런 구양경의 물음에 천마는 묵묵부답으로 현천검의 검 끝을 바라보았다.

아무래도 혈마의 본신을 놓친 것에 대해 아쉬워하는 듯했다.

하지만 단 하나의 성과는 있었다.

"흥! 뭐, 한 방 먹였으니… 다음번에는 꼭 죽여주마."

"음?"

천마가 하는 말이 무슨 의미인지 알 수 없는 구양경이 고개 를 갸우뚱하며 의아해했다.

한편, 같은 시각.

석벽 전체가 촛불로 가득한 공간.

촛불로 가득한 공간의 석좌에는 얼굴이 그늘에 가려진 한 남자가 좌선을 취하고 있었다.

그의 주위로는 금빛 혁대를 차고 있는 검은 복면인 네 명이 엄중하게 호법을 서고 있다.

그렇게 호법을 선 지 한참의 시간이 흘렀을 무렵이었다.

일순간 촛불들이 일렁이며 사악하면서도 피처럼 붉은 기운이 천장의 벽면을 투과해 들어왔다.

이윽고 붉은 기운은 마치 도깨비불처럼 석좌에 앉아 있는 남자의 주변을 맴돌더니 이내 그 안으로 스며들었다.

번쩍!

좌선을 취하고 있던 남자의 두 눈이 뜨였다.

동공에서 강렬한 붉은 안광이 뿜어져 나오는 남자의 입에서 갑자기 신음성이 흘러나왔다.

"크윽!"

주르르!

동시에 그의 미간에서 진한 피가 흘러내렸다.

남자의 미간에서 피가 흘러내리자 호법을 서고 있던 복면인들이 당황스러워했다.

"주, 주군!"

그런 복면인들에게 남자가 손을 들어 다가오는 것을 막았다.

명에 따라 복면인들이 부복을 취하며 고개를 숙였다.

남자가 자신의 미간에서 흘러내리는 피를 손등으로 닦으며 노기에 찬 목소리로 중얼거렸다.

"천마… 이노오옴!"

56장
부활한 사파 연맹

최초로 정, 사, 마 통합 무림맹의 위업을 달성한 검문.

　하지만 검황의 장기 부재로 인해 마교를 시작으로 사파 문파들의 대거 탈퇴가 이어지며 실질적으로 무림맹 내에 남은 세력은 정파뿐이었다.

　다행스러운 것은 사파들과 달리 정파의 주축이라 불리는 구파일방을 비롯한 오대세가의 경우 오히려 사파와 마교가 탈퇴함으로써 더욱 굳건히 연맹을 다졌다.

　검황은 검문 산하에 있는 검하칠위의 첫 번째 서열인 용검호도 유심원을 앞세워 사파의 주축 세력을 무너뜨리기 위해 대대적인 사파 토벌을 천명했다.

검문과의 전쟁으로 주축인 북호투황을 비롯해 그 힘의 절반 이상을 잃은 사파 세력이었기에 누가 보아도 검문의 압도적인 승리를 예상했다.

하남성 북단의 무림맹 본 단 건물의 대전.

대전 내로 수많은 정파 무림의 수뇌부가 전부 모여 있다.

소림사, 무당파, 화산파, 아미파, 점창파, 종남파, 청성파, 공동파, 곤륜파, 개방을 비롯한 구파일방의 장문인 내지 대표들과 오대세가인 모용세가, 제갈세가, 하북팽가, 황보세가, 사천당문의 가주들이 상석에 자리했고, 그 외의 정파 중소 문파의 대표들이 대전에 펼쳐진 좌석을 가득 메우고 있었다.

이윽고 모두가 모여 있는 대전의 단상 위로 검황이 모습을 드러냈다.

독에 중독되었다는 소문이 퍼지고 처음으로 공식 석상에 나타난 검황이기에 모두가 유심히 지켜보고 있었다.

고오오오!

백발 백염의 모습에도 불구하고 강렬한 인상에 위압적인 기운을 내뿜는 검황이었다.

자신의 건재함을 보여주기라도 하듯 그가 내뿜는 기세에 각 파의 수뇌부들은 감탄을 금치 못했다.

'독에 중독되었다고 하더니 헛소문에 불과했구나.'

'거짓으로 독에 중독된 척했다는 것이 사실인가?'

'검황, 실로 무서운 자로다.'

무림을 통틀어 무력으로는 백 위권 내에 드는 인사들이 거의 모였지만 검황의 기세는 누구도 거역하고 싶은 마음이 들지 않게 만들었다.

대전 내가 정숙해지자 검황이 입을 열었다.

"우선 이렇게 무림 대회의에 모여주신 각 파 수장 분들의 노고를 치하하오."

'크윽, 여전히 오만하구나.'

검황의 말투는 절대로 연맹의 수장들에게 하는 말투가 아니었다.

그것은 산하의 세력에게나 할 법한 태도였다.

그러나 검문이 무력으로 각 파를 정벌해서 무림맹을 달성했기에 누구도 그 말에 토를 달 수 없었다.

"본좌가 이렇게 대회의를 개최한 것은 탈맹한 문파들에 대한 징계를 위함이오."

곧바로 본론으로 들어가는 검황의 말에 모두의 이목이 집중되었다.

몇 번의 대회의를 통해 검황이 장황하게 인사치레를 하는 위인이 아닌 것은 이곳에 모인 수뇌부 전부가 아는 사실이다.

"아미타불."

그때 석좌에 가까운 위치에 앉아 있는 소림의 원명 선사가 불호를 외우며 입을 뗐다.

"맹주께선 그저 탈맹을 한 것에 대해 어떤 징계를 내리겠단 말입니까?"

비공식적으로는 삼대 세력이 검문에 패배해서 그 산하로 들어온 것이지만 공식적으로는 무림맹에 가입한 연맹 체제였다.

그런 연맹에서 탈퇴했다고 징계를 한다는 것은 일종의 보복 행위였다.

유일하게 검문과의 전쟁을 치르지 않고 무림맹에 가입한 소림이었기에 할 수 있는 발언이다.

'역시 소림만이 저런 발언이 가능하지.'

모두가 고개를 끄덕이며 원명 선사의 말에 수긍하는 태도를 보였다.

검황이 잠시 침묵하더니 아무런 내색 없이 말을 이어갔다.

"무림이 생겨난 이래, 아니, 인간의 역사상 투쟁이나 전쟁이 없던 적은 없었소. 선사께서는 그 이유가 무엇인지 아시오?"

원초적인 질문에 원명 선사가 잠시 의아해하더니 자신의 생각을 말했다.

"서로의 생각이 다르기 때문 아니오."

"그렇소. 선사의 말대로 서로의 생각이나 이념이 다르기 때문이오. 선사는 그 이념을 어느 하나로 통일하는 것이 가능해

보이시오?"

일문일답이 이어지자 원명 선사는 내심 검황의 의도가 궁금했지만 순순히 답변했다.

"모두가 생각이 다를 터인데 어찌 하나로 통일하겠소."

"그렇다면 묻겠소. 이곳에 모인 각 파의 대표들께서는 어느 날 갑자기 사파가 무림을 집권하여 여러분께 사파의 논리를 강요한다면 받아들일 수 있겠소?"

웅성웅성!

검황의 이 질문은 정, 사, 마에 있어서 가장 원초적인 화두라고 할 수 있었다.

다 같은 무림인이지만 무를 지향하는 방향이나 사고와 이념이 다르기에 삼대 세력으로 나뉠 수밖에 없었다.

"힘을 지닌 이상 각자의 생각을 접을 수 없을 것이오."

"당연한 소리가 아니오. 우리 정파도 그러한데 사파나 마교 무리가 정도를 걸을 것 같소?"

논란이 되는 것은 당연한 이치였다.

좌중이 혼란스러워지자 검황이 탁자를 가볍게 치며 이목을 집중시켰다.

탁탁!

"자자, 여러분조차도 이렇게 의견이 갈리오. 본좌가 왜 무림 통일을 이룩하려고 하는지 아시오? 그것은 사상의 통합이 아니라 중원무림의 화합을 위함이오."

검황의 입에서 나온 화합이라는 말에 모두가 터무니없어했다.

화합을 꿈꾸는 자가 어째서 무림 정벌에 나서서 삼대 세력을 균형을 깬단 말인가.

검문의 무림 통일로 인해 희생된 자만 수천에 이른다.

"이해가 되지 않으시겠지. 하지만 대를 위한 소의 희생은 불가피하오."

"아미타불, 빈승이 미진하여 맹주께서 하는 말의 의미를 이해하기 힘들구려."

"본좌는 사상의 통합이 아닌 하나의 강대한 힘으로 삼대 세력을 묶어둠으로써 긴 분쟁을 없애는 길을 택한 것이오."

"허어."

말인즉 서로의 이념과 생각이 다른 삼대 세력을 검문이라는 압도적인 힘으로 지배를 함으로써 삼대 세력이 화합을 하도록 꾀했다는 의미이다.

실제로 검문이 무림을 통일하면서 그 과정에서는 피를 흘렸지만 이후로는 삼대 세력 간의 분쟁이 없어지긴 했다.

다만 무림맹의 회의실이 항상 삼대 세력 간의 알력으로 시끌벅적하긴 했지만 말이다.

"본좌는 화합을 통해서 무림의 평화를 꾀하려 했네. 각 파의 대표들께서 보시다시피 거의 성공의 단계까지 왔었소. 하나 본좌가 틀렸소."

자신의 의견을 관철하던 검황의 뜬금없는 반전에 모두가 의아한 표정이 되었다.

"본좌 역시 간과한 것이 있었소. 강한 힘에 묶인 고리라도 그 힘이 사라지면 붕괴된다는 사실을 말이오."

그것은 검황의 말 그대로였다.

검문과 검황이라는 영향력 아래에서는 삼대 세력이 화합을 이뤘을지 모르겠지만 그가 부재하는 순간 고리의 연결이 끊어졌다.

마교를 비롯한 사파의 탈퇴로 인해 검황은 그동안 관철해 오던 생각이 잘못되었음을 인정했다.

"그럼 맹주께서는 대체 어찌하실 생각인지 그 고견을 듣고 싶소."

점창파의 장문인인 사일검 요진자가 진지한 눈빛으로 물었다.

그는 검문이 정파 무림맹을 통합할 시절부터 사파와 마교를 정벌해서 끌어들이는 것을 반대한 극 정도파였다.

"본좌는 정도를 지향하는 검문의 수장으로서 정파를 중심으로 사파와 마교를 정리하려고 하오."

검황의 의견에 모든 수뇌부가 놀라움을 감추지 못했다.

마교와 사파의 탈퇴로 인해 검황의 심경에 변화가 생겼다는 것은 눈치챘지만 설마 이렇게 강경하게 바뀌리라고는 누구도 예상하지 못했다.

　"정리를 한다고 함은?"

　"이미 아시다시피 검하칠위의 수장인 유심원이 남은 사파 세력을 정리 중이오."

　이것은 모두가 알고 있는 정보이다.

　검문을 지탱하는 최강의 힘 중의 하나인 금용대마저 출격시켰다는 것은 사파를 완전히 멸하겠다는 의지를 보인 것과 같았다.

　구파일방의 절반 이상이 금용대의 힘을 겪어보았기 때문에 그 무서움을 잘 알았다.

　'맹주의 결의가 이렇게 강경한 것을 보니 이번 대회의는 사파를 완전히 멸하기 위한 대책을 강구하기 위함이구나.'

　강경파에 속하는 정파 수뇌부들이 흡족해하며 고개를 끄덕였다.

　그들은 사파와는 완전히 적대 관계였기 때문에 검문의 삼대 세력 통합에 대해서 불만이 많았다.

　"본좌가 이렇게 대회의를 개최한 것은 사파가 아니라 마교를 정리하기 위함이오."

　"마교!!"

마교라는 말에 좌중의 웅성거림이 커졌다.

사파도 아직 정리가 되지 않은 상황에 마교를 거론할 줄은 몰랐다.

회의가 진행되는 내내 입을 다물고 지켜보고 있던 무당파의 대장로 운청자가 처음으로 입을 열었다.

"맹주, 아직 사파의 세력도 정리가 안 된 상황에 마교를 어찌하겠단 말이오? 노도는 이것만큼은 반대하는 바이오."

"그것은 빈승도 같은 의견입니다. 맹주께서도 아시겠지만 와해된 사파 연맹이 다시 부활한 것을 보면 분명 그들에게 어떤 구심점이 생겨난 게 틀림없습니다."

오황의 일인이던 북호투황이라는 강대한 구심점을 잃은 사파라고 하나 근래에 들어 움직임이 심상치 않았다.

원명 선사의 말대로 원래는 연계조차 미흡한 그들이 사파 연맹을 만들고 적대적으로 나온 것을 보면 분명 새로운 구심점이 생긴 것이 틀림없었다.

"그 부분은 여러분이 걱정하지 않아도 되오. 금용대뿐만이 아니라 후발대인 은현대가 투입되었으니 곧 좋은 소식이 있을 것이오."

"허어, 은현대까지 말이오?"

그러한 우려에도 검황의 자신감은 여전히 줄어들지 않았다.

검문 산하의 최고 부대인 금용대를 보낸 것으로도 성이 차지 않은 검황은 청해의 곤륜산에서 대기 중이던 파월도제 순휘가 이끄는 은현대 역시 파견했다.

금용대와 은현대는 각자가 대문파인 구파일방에 필적하는 힘을 지녔다.

절반 이상의 힘을 잃은 사파를 토벌하는 데 전혀 무리가 없다고 판단한 검황이다.

"맹주께서 그러시다면 어쩔 수 없겠지만 마교는… 허어."

마교를 정벌하는 것은 사파와는 의미가 다르다.

가장 먼저 무림맹을 탈퇴한 마교는 빠르게 내전을 끝내고 검문에 필적할 만한 힘을 회복해 가고 있었다.

심지어 오황 중의 한 명인 동검귀마저 포섭되었다는 소문이 무림 전체로 파다하게 퍼졌다.

"그렇기에 여러분의 힘이 필요한 것이오. 금용대와 은현대가 사파를 상대하고 있다는 정보에 마교는 안심하고 세를 늘리는 데 집중할 것이오. 각 파에서는 이것을 그대로 지켜만볼 참이오?"

"허어!"

대전의 여기저기에서 탄식이 터져 나왔다.

이제야 이곳에 모인 수뇌부들은 검황의 의도를 파악할 수 있었다.

'우리더러 마교를 상대하라는 의미였군. 크윽!'

'그러면 그렇지, 검황 이 작자가 손해를 감수할 리가 없지.'

마교에 비한다면 사파는 다 쓰러져 가는 썩은 나무 기둥과도 같았다.

지금까지 앞서 한 말은 전부 명분에 불과했다.

사파를 상대하는 것에 지원해 달라는 것이 아니라 마교를 상대하라는 말을 빙빙 둘러 한 것이다.

'검황 이 작자는 정녕 늙은 여우로구나.'

가장 먼저 무림맹에 복속된 정파의 각 문파들은 근래에 들어 원래의 힘을 회복해 가고 있었다.

그런 그들이 앞장서서 마교와 싸우게 된다면 다시 힘을 잃을 것이 틀림없었다.

하지만 이를 거절하기에는 사파를 검문에서 단독으로 상대한다고 했으니 명분상으로도 다른 도리가 없었다.

여기저기에서 어찌할 바를 몰라 서로의 눈치를 보던 때였다.

쿵쿵쿵!

붉은 깃발을 등 뒤에 꽂은 무림맹의 무사가 헐레벌떡 대전 내로 들어왔다.

대전이 회의 중일 때는 전보가 들어오지 않지만 붉은 깃발은 급보이기에 예외였다.

검황이 인상을 찡그리며 물었다.

"대체 무슨 일이냐?"

"그, 급보입니다!"

"급보?"

"여, 여기서 말씀드려도 괜찮겠습니까?"

각 파의 수뇌부가 모여 있으니 급보를 전하기에 망설이는 무사였다.

하지만 이미 급보라고 해서 들어온 마당에 혼자 정보를 들을 수는 없는 노릇이었다.

검황이 허(許)한다는 손짓을 하자 무사가 보고했다.

"사, 사파 연맹을 치러 간 선발대가 저, 전멸했습니다!"

"뭐, 뭐얏!"

웅성웅성!

급보를 전하는 무사의 말에 좌중이 혼란에 빠졌다.

사파 연맹을 치러 간 선발대는 다른 누구도 아닌 차세대 오황이라 불리는 용검호도 유심원이 이끄는 금용대였다.

검황이 다급한 목소리로 물었다.

"유, 유심원은?"

"…유심원 금용 대주의 수급은 사파 연맹에 빼앗겼고 남은 시신을 수습해서 후발대인 은현대의 대원들이 맹으로 이송 중입니다."

강인한 검황마저도 충격이 큰지 신형이 흔들렸다.

"매, 맹주!"

이를 주위에서 부축하려 하자 검황은 이를 강하게 뿌리쳤다.

아무 말 없이 가만히 눈을 감고 서 있는 검황이었지만, 대전 전체로 퍼져 나가는 그의 깊은 살기에 모두가 입을 다물고 정숙해야만 했다.

그것은 불과 일주일 전에 벌어진 일이었다.

하북성의 최북단에 탈맹한 사파의 문파를 비롯한 방파들이 전부 집결했다는 정보를 입수한 금용대는 빠르게 북상해 올라갔다.

그 도중에 검황이 후발대를 파견했다는 전갈을 받았지만 유심원은 그 도움을 받을 생각이 전혀 없었다.

이미 한 차례 검황을 배신한 전적이 있는 파월도제 순휘에 대한 신뢰감이 없었기 때문이다.

북상하는 금용대는 하북성에서 수많은 사파의 적과 조우했다.

처음에는 결집력이 없다고 판단한 사파에서 생각보다 전략적으로 공격해 오자 진격의 속도를 늦추게 된 금용대였다.

하북성의 최북단에 도착한 금용대는 사파의 문파들이 집결한 성(城)을 본 후 놀랄 수밖에 없었다.

"이건 대체……."

수많은 전장을 누빈 유심원조차 이해할 수 없었다.

무림맹보다는 작았지만 언제 구축했는지 견고하게 축조된 성에 자그마치 수천에 이르는 사파인들이 군(軍)을 떠올릴 만큼 체계적인 방어 체계를 보여주고 있었다.

"와아아아아아!"

사파인들의 함성을 들어보니 사기가 충만했다.

정말로 중원에 있는 대다수의 사파인이 전부 집결한 듯했다.

'대체 누구의 작품인 거지? 정말 내가 알고 있던 그들이 맞단 말인가?'

마치 마교 정벌을 위해 십만대산을 쳐들어갔을 때를 떠올리게 할 만큼 긴장감이 감돌았다.

일방적인 척결로 여기던 사파 정벌은 제대로 된 전장의 형태가 되어버렸다.

사파 연맹의 성 앞에서 진지를 구축한 유심원은 파월도제가 이끄는 후발대가 올 때까지 기다릴 수밖에 없었다.

성벽 위에서 철벽 방어 태세를 취하는 사파인들을 쳐다보며 금용대의 부관인 임충이 말했다.

"후발대인 은현대에 정란차를 요청할까요?"

"필요 없다."

군이 전쟁을 할 때는 공성전을 위한 정란차가 필요하지만 경공을 펼치는 무림인들에게는 발 디딜 곳이 충분한 성벽은 그저 평지와 같았다.

"저 정도면 거의 정규군을 보는 느낌입니다."

"배후에 유능한 지휘관이나 군사가 있는 것 같군. 하지만 그뿐이다. 훈련이 되지 않은 급조된 정예에는 한계가 있다."

정, 사, 마를 통틀어 가장 지휘 체계가 잘 잡힌 곳은 마교라 할 수 있었다.

그리고 최악의 지휘 체계를 가진 곳이 바로 사파였다.

사파인들의 천성 자체가 사도를 지향하다 보니 뭔가에 얽매이는 것을 좋아하지 않았기에 정파나 마교에 비하면 그 군집력이 약했다.

그러나 정파에 비해서 훨씬 빠른 성취를 보이는 사파의 무공을 익혔기에 절대 고수가 부족할지언정 개개인의 역량은 오히려 정파를 웃돌았다.

'꽤 장기전이 될 수도 있겠군.'

사파를 상대로 진다는 생각은 하지 않았지만 분위기가 심상치 않은 것은 확실했다.

유심원은 그들의 전력을 알아보기 위해 소규모의 부대를 편성해 탐색전을 펼쳤다.

결과는 놀랍게도 부대원의 전멸이었다.

"대주, 아무래도 저들 가운데 군략가가 있는 것 같습니다."

소규모로 편성된 부대가 미처 성벽을 넘기도 전에 전부 죽음을 맞이했다.

성벽의 앞 열에서 궁부대가 화살을 쏘아서 부대의 군열을 흩어뜨렸고, 성벽을 오르는 남은 부대원들을 창병들이 정리했다.

'전형적인 군략이로군.'

무림인들이 쓸 수 있는 전략과는 동떨어진 군대의 전략이었다.

유심원은 사파에서 유능한 군략가를 섭외했을 확률이 높다고 판단했다.

"그렇다면 시간을 끌수록 불리하겠군."

유심원의 판단대로 금용대는 하북의 최북단으로 진격해 오면서 차가워진 날씨를 비롯해 식량 보급에도 차질이 있었기에 장기전을 치르기에는 매우 불리했다.

"금일 야간에 기습을 통해서 총력전을 감행한다."

"네? 하나 내일이면 은현대가 도착합니다. 하루 뒤에 하시는 편이……."

은현대와 동시에 기습을 진행하는 편이 더욱 효과적이긴 하다.

하지만 그것이 별로 내키지 않는 유심원이었다.

"기습은 빠를수록 좋다."

부관의 반대에도 불구하고 유심원은 날이 저물자 총력전을 감행했다.

검문의 최정예 부대인 유성대에 버금가는 최고의 전력을 자랑하는 금용대의 총력전을 제대로 방어한 문파는 여태 한 곳도 없었다.

"금용대 출격! 목표는 적의 전멸! 한 사람도 남기지 마라!"

유심원의 명령이 떨어지자 천 명에 이르는 금용대의 무사들이 결의에 찬 눈빛으로 조용히 고개를 끄덕이며 진격했다.

수많은 금용대원들이 성벽을 타고 오르는 모습은 장관이었다.

그러나.

"기습이다! 기습이다!"

전장에서의 경험이 많은 유심원조차도 이렇게 빠른 대응은 처음 봤다.

성에서 가장 취약점이라 판단된 곳으로 일제히 금용대가 돌격했는데, 성벽을 오르는 순간 금세 수백 명에 이르는 사파인들이 몰려들었다.

화르륵!

횃불이 사방을 밝히며 순식간에 피가 난무하는 전장이 시작되었다.

기습을 감행한 성벽이 뚫리지 않는다면 장기전은커녕 모든 것이 허사로 돌아가고 만다.

챙!

오른손에는 용문검(龍文劍), 왼손에는 호무도(虎武刀).

그것은 유심원에게 용검호도라는 별호가 있게 만들어준 보검보도였다.

무림 내에서도 가장 독특한 무공 중 하나라 불리는 우검좌도 합격술의 달인인 유심원은 오황을 제외하면 누구도 상대가 없다고 불리는 절대 고수였다.

팡!

유심원의 신형이 번개처럼 뻗어나가 순식간에 성벽 위에 도달했다.

"요, 용검호도닷!"

"빌어먹을 놈!"

그가 모습을 드러내자 이를 알아본 사파인들이 기겁하며 소리쳤다.

몇 년 전 검문의 무림 통일 전쟁 당시 수많은 사파인을 개미 죽이듯이 전멸시킨 자가 유심원이었다.

사파인들에게 있어서 그에 대한 공포가 쉽게 잊힐 리 없었다.

"죽어라!"

"흐헉!"

촤악!

유심원의 검과 도가 번쩍일 때마다 한 합에 네다섯 명의 목이 날아갔다.

수백 명이 몰려들어 지키던 성벽 위의 상황이 유심원의 등장으로 반전되었다.

유심원의 뒤로 따라붙은 금용대가 나머지 사파인들을 베며 길을 뚫었다.

"막아라! 저놈을 막아야 한다!"

사파인들이 합공하며 달려들었지만 둑이 터져 나가듯 금용대원들이 밀려들어 왔다.

댕댕댕!

금용대가 성 내로 들어오자 사방에서 경계 종이 울려 퍼졌다.

야간 기습을 노린 터라 병력이 모이는 데 시간이 걸릴 거라고 여겼는데 예상보다도 빠르게 사파인들이 집결해 왔다.

"빠, 빠르다. 대주, 어떻게 하죠?"

"전부 집결하기 전에 성 내의 본 단에 있는 수장들을 노린다!"

당황스러워하는 부관의 물음에 유심원이 단호하게 말했다.

머리만 제거해도 나머지 군집력은 자연적으로 풀릴 수밖에 없었다.

유심원이 앞장서서 적을 베어나가자 금용대원들이 뒤를 따라 사파인들과 전투를 벌였다.

성 내가 순식간에 아수라장으로 변해갔다.

용검호도라는 별호로 명성을 떨치는 유심원도 대단했지만 금용대 역시 그 실력에 걸맞게 파괴력이 무시무시했다.

한번 성내로 진입하자 파죽지세로 중앙의 본 단이 가까워졌다.

성 내에서 대기조로 있던 사파인들의 수만 해도 천 명에 육박할 만큼 병력이 많았는데도 이를 수월히 물리쳤다.

성 내 본 단에 도달하자 그 입구가 보였다.

"본 단만 무너뜨리면 승리다! 금용대는 멈추지 마라!"

"와아아아아아!"

그러나 본 단으로 들어가기도 전에 입구에서 나타난 인영들에게 막히고 말았다.

당연히 사파 연맹의 총근거지인 만큼 각 문파와 방파들의 수뇌부들이 있으리라고는 예상했다.

하지만 예상치 못한 인물들의 등장에 유심원을 비롯한 금용대의 안색이 어두워졌다.

"여기서부터는 지나갈 수 없다! 흐흐흐!"

"켈켈켈, 며칠 뒤에나 볼 줄 알았는데 이 아해들이 먼저 성 내로 쳐들어올 줄은 몰랐네그려."

"동감한다. 크하하하하핫!"

쾅쾅!

두 주먹을 마주치며 자신의 야성을 보이는 근육질의 중년 사내는 십 년 전 사파에서 명성을 떨치던 괴력권주 대광이라 는 자였다.

그 옆에 있는 두 사람 역시 전 세대 사파에서 명성을 떨치 던 구절도 사계명과 오독괴인 능파라는 자였다.

'이자들이 어떻게?'

사파 연맹의 본 단 앞에 서 있는 세 명은 전부 전 세대에 명성을 떨치던 사파의 거두들로 행방불명되었거나 무림에서 죽었다고 알려진 인물들이었다.

당시의 무위로도 명성이 높았지만 잔악한 손속으로도 악명 이 높은 그들이 나타나니 금용대원들이 당혹스러워하는 것도 당연했다.

"저 앞에 검이랑 도를 같이 들고 있는 아해가 유심원이라는 녀석이로구나."

"흐흐흐, 저 애송이가 차기 오황이라 불리는 놈이라구?"

"제법 붙어볼 맛이 나는구나. 크하하하하핫!"

세 명의 사파 전대 거두들이 나서자 그 기세가 보통이 아니

부활한 사파 연맹 55

었다.

하지만 금용대는 오황이 나타났다고 해도 물러서지 않을 연전 무패의 최강의 부대였다.

잠시 당황했지만 금용대는 일사불란하게 대고수전 진형을 갖췄다.

"피차 적으로 만났으니 선배에 대한 인사는 생략하겠소."

"켈켈, 건방진 애송이가 감히!"

말이 끝남과 동시에 유심원의 신형이 쾌속하게 맨 앞에 서 있는 괴력권주 대광에게로 파고들었다.

다른 두 명보다도 월등히 강한 기운을 내뿜고 있었기 때문이다.

깡!

유심원이 휘두르는 일도를 대광이 양팔에 차고 있는 철갑으로 막아냈다.

단단한 철갑에는 강기가 실려 있어 쉽게 뚫을 수가 없었다.

'화경?'

사라졌을 때만 해도 초절정의 극이라 알려진 괴력권주 대광이다.

그러나 강기를 사용하는 것만 보더라도 분명 화경의 경지에 올랐음이 틀림없었다.

"크하하하핫! 오랜만의 전투라 즐겁구나!"

대광이 크게 웃으며 강기가 실린 권을 유심원에게 속사포처럼 쏘아붙였다.

단숨에 제압하려 한 유심원은 예상보다 높은 무위에 잠시 당황했지만 냉정하게 공격을 막아내면서 허점을 노렸다.

솨아아악!

유심원의 검강이 교묘하게 대광의 권강을 뚫고 가슴을 노렸다.

그러나 바로 옆에서 날아온 도강에 변초를 써서 그것을 막아내야만 했다.

까가가가강!

대광의 실력 덕분에 예상은 했지만 구절도 사계명 역시 화경의 고수였다.

사계명의 도초는 기묘한 각도에서 초식에 변화를 주어 상대의 허점을 노리기로 유명했는데 과연 명불허전이었다.

촤악!

유심원의 왼팔에 사계명의 도가 절묘하게 스쳐 지나갔다.

조금만 늦게 피했어도 한쪽 팔을 고스란히 잃었을 것이다.

'이자들을 상대로 전력의 여지를 남겼다가는 낭패를 보겠구나.'

사실 유심원은 아직까지 사파 연맹의 본 단으로 진입하지 않았기에 공력이나 초식에 삼 할의 여지는 두고 있었다.

그러나 전대 사파의 거두들을 상대로 여지를 두는 것은 어리석은 짓이었다.

'전력으로 단번에 없앤다.'

"하아아아압!"

유심원은 내공을 단숨에 십 성으로 끌어 올려 폭발적인 기세로 절초를 펼쳤다.

"어어엇?"

채채채채챙!

용문검과 호무도의 검결과 도결이 어우러지면서 사계명의 도초를 부수고 그의 요혈을 노렸다.

이를 대광을 비롯한 능파가 도와주려 했지만 부관 임충을 비롯한 금용대가 앞을 가로막았다.

사계명의 얼굴이 사색이 되어 죽음을 앞둔 순간이었다.

쾅!

"크헉!"

검과 도가 사계명의 심장과 목을 꿰뚫기 직전 유심원의 옆구리에 강한 일권이 날아와 그의 몸이 멀리 튕겨져 나가 버렸다.

얼마나 강한 일격이었는지 오장육부가 뒤틀리는 고통에 유심원이 핏덩어리를 뱉어냈다.

'기척조차 느끼지 못했는데 대체 누가……?'

화경의 극에 이른 유심원은 자신의 공격 범위 내로 진입하는 기척을 단번에 감지해 낼 수 있었다. 그런데 방금 전의 일격엔 아무것도 느끼지 못했다.

쿵! 쿵!

고개를 들어 자신에게 일격을 먹인 상대를 노려보았다.

그 순간 유심원의 눈빛에 경악이 서렸다.

미처 대응하기도 전에 집채만 한 거대한 권강이 날아와 그의 상반신을 스치고 지나갔다.

"대주!!"

임충이 놀라서 소리쳤지만 아무 소용이 없었다.

거대한 권강이 스치고 지나간 자리에는 유심원의 하반신만이 덩그러니 남아 있었다.

잘린 하반신에서 피가 뿜어져 나오며 이내 바닥에 쓰러졌다.

"별로 강하지도 않군."

유심원을 고작 이 초식 만에 죽여 버린 고수가 싱겁다는 듯이 말했다.

허무하게 대장을 잃은 금용대가 분노에 차올라 그 고수를 노려보며 살기를 불태웠다.

괴력권주 대광마저도 어린애처럼 보일 정도로 굉장한 거구에 녹색 죽립을 쓰고 있는 자였다.

특이하게도 오른팔이 없는 외팔이였는데, 그 압도적인 기세
는 주변의 모든 것을 파괴하고도 남을 만큼 매우 강렬했다.

"에이, 거추장스럽군."

획!

거구의 사내가 귀찮다는 듯이 쓰고 있던 녹색 죽립을 벗어
던졌다.

그의 얼굴이 드러나는 순간 살의를 불태우던 금용대원들의
얼굴이 새하얗게 질려 버렸다.

부관 임충이 떨리는 목소리로 중얼거렸다.

"부, 북호투황?"

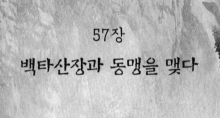

57장
백타산장과 동맹을 맺다

혈교의 습격을 받고 이틀이라는 시간이 흘렀다.

서역의 북단에 자리 잡고 있는 백타산장에 한바탕 피바람
이 몰아치면서 고용인들은 바쁘게 산장을 수리하느라 정신이
없었다.

넓은 산장 건물의 상당수가 부서지고 붕괴되어서 멀쩡한
것이 드물었다.

산장 내의 여무사들 중에 살아남은 이는 절반도 채 되지
않았다.

구양경이 빨리 강시들을 없애서 상황을 수습하지 않았다면

전부 죽었을지도 모른다.

"운도 좋지. 흥!"

접객당의 객실 내에서 곤히 잠들어 있는 당혜미를 보며 당유미가 못마땅해했다.

속내는 언니인 그녀가 죽지 않아서 다행스러웠지만, 어느한편으로는 그 아수라장 속에서 혼자 속 편히 자고 있었다는 것을 생각하면 억울하기도 했다.

"그래도 천운이 따른 것이지요."

외당주 관서가 빙그레 웃으며 말했다.

관서의 왼쪽 어깨부터 펄럭이는 팔소매를 본 당유미는 마음이 아팠다.

그래도 다행인 것은 오른팔이 아닌 왼팔이라서 신체의 균형을 잡는 수련만 거친다면 무공을 회복하는 데는 무리가 없다는 점이었다.

"그런데 이거 일이 복잡하게 되었군요."

괴인들이 나타나 겨우 수난을 피한 것은 다행이었지만 또다른 난관에 부딪쳤다.

원만하게 약혼식 날짜를 정하기 위한 절차만 남겨놓은 상태에서 뜬금없는 통보를 받은 것이다.

그것은 약혼자 후보 경쟁을 하겠다는 것이다.

"흥!"

상황에 따라 여우처럼 감정 조절에 능숙한 당유미마저도 콧방귀가 나올 지경이었다.

약혼은 이미 사전에 가문끼리 여러 차례 조율이 되어온 이야기였다.

그런데 갑자기 소가주에게 정인이 있기 때문에 공증인을 두고 경쟁을 해야 한다고 하니 어이가 없을 따름이었다.

"그래도 구양 가주께서 약조하셨으니 별일은 없을 겁니다."

"그거야 두고 봐야 알 일이죠."

사실 당가의 입장에서는 충분히 이런 경쟁을 거절할 수도 있었다.

하지만 경쟁 상대가 될 후보가 사월방주 오균의 딸임을 알게 되자 섣불리 거절하기가 힘들었다.

강시들의 습격 당시에 관서가 오균에게 생명의 빚을 졌기 때문이다.

같은 시각, 사월방주 오균이 기거하는 객실.

객실 내에는 어제저녁 무렵에 산장에 도착한 오향이 오균과 대화를 나누고 있었다.

"꼭 그놈과 만나야겠느냐?"

"…네에."

간절해 보이는 오향의 목소리에 오균이 한숨을 내쉬었다.

구양경이 반대를 하지 않았다면 사실 사월방에 있어서도 나쁜 일은 아니었다.

상대는 서역의 패권을 장악한 백타산장의 장주이면서 중원 무림에서도 오황으로 명성을 떨치는 서독황이다.

"휴우……."

문제는 구양경이 사돈을 맺고 싶어 하는 상대가 달리 있단 것이다.

딸이 아니라면 쥐어박아서라도 말리고 싶은 심경이었다.

그래도 다행인 것은 지금의 상황이 그리 나쁘지 않다는 점이다.

하마터면 껄끄러울 뻔했는데 공교롭게도 당문 외당주의 목숨을 구해준 것이 전화위복이 되었다.

'그 마교의 고수가 도와준다면 구양경 그 작자라도 억지를 부리진 못하겠지.'

부모의 마음으로 딸의 사랑을 응원하지 않을 아비가 어디 있겠는가.

어떤 식으로든 무난하게 풀리기만을 기원했다.

두 객실에서 당가와 사월방이 동상이몽을 꾸고 있을 무렵, 구양경의 집무실에서는 술상이 펼쳐져 있었다.

구양경의 앞에서 넙죽 술잔을 들이켜는 사내가 있으니 바로 천마였다.

"공께서도 이 전갈주의 진가를 아시는구려."

"뭐, 괜찮군."

"자고로 술은 독주가 아니겠소. 클클클."

구양경의 태도는 전과 비교해서 상당히 부드러워져 있었다.

백타산의 바위산 봉우리 위에서 천마의 진정한 무위를 확인한 후부터 시작된 변화였다.

천마가 정체를 밝히지 않았기에 정확하게 알 수는 없으나 짐작하는 바가 있었다.

'젊은 외모는 허상에 불과하다.'

처음에는 그저 마교의 소교주로 예측했으나 전대 오황이던 태상교주보다도 강했다.

그렇다면 추측할 수 있는 것은 하나였다.

'탈태환골!'

탈태환골(奪胎換骨).

그것은 육신이 일정한 경지를 넘어서서 재구성되는 것을 말했다.

허물을 벗고 뼈가 재구성되어서 젊은 외모를 유지했다고 보는 편이 가장 옳았다.

구양경은 눈앞에 있는 천마를 전대 오황이던 태상교주보다도 훨씬 이전의 숨겨진 고수로 판단했다.

'탈태환골이 실질적으로 가능한지 처음 알았구나.'

무공을 모르는 사람들이 서책이나 이야기꾼을 통해서 탈태환골을 언급하곤 한다.

그러나 육신이 완전히 재구성된다는 것은 절대로 쉬운 일이 아니었다.

화경이나 현경의 경지에 올랐다고 해도 탈태환골을 한 고수는 존재하지 않았다.

'본 장주조차 실마리를 얻지 못한 대연경의 경지가 답이구나. 그래, 이자는 마교의 전대 교주 중 하나임이 틀림없다.'

무공을 익힌 자라면 이상으로 여긴다고 알려진 대연경의 경지.

무림사를 통틀어 그 경지에 이른 사람은 단 세 명으로 알려져 있었다.

재능이 있는 무인이 평생을 연마해도 화경의 경지에도 오르기 힘들다.

심지어 그 위 단계인 현경의 경지에 오른 자가 그 많은 무림인 중에서 다섯에 불과하니 대연경의 경지에 오르기가 얼마나 요원한 일인지 알 수 있다.

천마의 정체를 모르기에 본의 아니게 오해를 하게 된 구양경이다.

"술자리도 무르익었으니 전에 하던 얘기를 마무리 짓는 게 어떻겠소?"

탁!

구양경이 품속에서 파란 비단 주머니를 하나 꺼내놓았다.

그것을 본 천마의 눈에 이채가 띠었다.

"공의 말대로 그 독에 관한 해약을 가져왔소."

해약을 가져왔다는 것은 서독황 구양경이 마교와 협약을 맺겠다는 뜻을 밝힌 것이다.

이틀 전에 혈교 사건이 정리되고 나서 구양경은 천마와 간단히 대화를 나눴다.

이때 구양경은 천마에게 서로 공동의 적이 있다는 것을 확인했기에 백타산장과 마교가 손을 잡자는 제안을 했다.

그러나 천마로부터 돌아온 대답은 하나였다.

"동맹을 맺고 싶다면 확실한 뭔가가 필요하지."

"뭔가?"

여기서 천마가 제안한 것은 바로 마교의 수뇌부를 중독시킨 독의 해약이었다.

이 해약을 시작으로 동맹에 관한 이야기를 진행하겠다고 의사를 밝혔다.

구양경이 해약을 제조하는 과정을 천장에서 지켜보고 있었지만 등에 가려져 약의 배합 비율을 정확하게 보지 못했기 때문에 제안한 것이다.

"해약의 제조 비법은?"

"안에 서찰로 적어놨으니 걱정 마시오. 클클."

파란 주머니 안을 들여다보니 확실히 해약과 서찰이 있었다.

약선이 언제 마교로 돌아올지 모를 노릇이니 구양경의 해독약을 얻는 편이 안전했다.

"이제 충분히 조건을 갖췄으니 서로의 패를 꺼내놓는 것이 어떻겠소?"

구양경의 말에 천마가 동의하는지 고개를 끄덕였다.

먼저 질문을 던진 것은 천마였다.

"뇌옥에 있던 그자는 어떻게 만나게 된 거지?"

"클클, 그자는 본 장주가 출타 중에 만나게 된 자들 중 한 명이오."

구양경이 혈교의 부활자를 뇌옥에 가둬두게 된 경위를 이야기하기 시작했다.

처음 구양경이 그들을 처음 알게 된 곳은 바로 이곳 백타산장이었다.

백타산장은 서역의 중개 교역 지점 중의 하나였기에 늘 각국의 상인들이 자주 방문했는데, 몇 달 전부터 유독 눈에 띌 정도로 자주 방문하는 상단이 있었다고 한다.

"유성천상(流成川常)이라는 상단이었소."

"유성천상?"

유성천상이라는 말에 천마의 입에서 실소가 터졌다.

예전에 동검귀가 자신의 과거를 밝혔을 때 그의 아내를 독으로 죽였다고 한 흉수 문파가 떠올랐기 때문이다.

그 문파의 이름이 유성천파였다.

'이제야 아귀가 맞아떨어지는군. 녀석도 삼혈로 중에 그 파란 가면 놈을 봤다고 했나.'

설마 상단 이름도 비슷하게 지을 거라고는 생각하지 못했다.

천마의 표정에서 뭔가를 알고 있다고 느낀 구양경이 계속해서 말을 이어갔다.

"교역을 중개하며 안면을 트기 시작하면서 놈들이 점차 본 장주에게 접근했소. 클클."

유성천상은 서역에서 구하기 힘든 약재와 독을 가진 동물들을 가져다 주며 구양경의 환심을 사려고 부단히 노력했다.

하지만 이들이 한 가지 간과한 사실이 있었는데 구양경이 타인의 친절에 대해서 극도로 의심이 많은 사람이라는 것이다.

"그러다 본 장주가 여러 해 동안 구하지 못한 하망초라는 약재를 그들 상단에서 구해오게 되었소."

아무리 의심이 많은 구양경이었지만 계산은 철저한 남자였다.

구하기 힘들던 약재를 얻게 되어 흡족해진 구양경은 그들과 독대 자리를 마련하여 식사를 대접하고 원하는 것을 들어주겠다고 하였다.

"그때 그들이 요구한 것이 하망초를 사용해 독을 제조해 달라는 것이었소."

보통 독은 하독을 해도 직접적으로 접촉한다거나 독기를 발산하지 않고는 중독될 확률이 낮았다.

하지만 하망초는 불에 태워서 연기를 내는 것만으로도 광범위한 곳까지 중독시키는 성분을 가졌다.

'그래서 폭발을 일으킨 것이었나?'

그제야 마교의 대전에 폭발이 일어나면서 검은 연기가 퍼져 나간 것이 이해가 갔다.

독에 관해서는 타의 추종을 불허하는 서독황 구양경이었기에 상단의 부탁대로 하망초를 이용한 독을 제조해 주었다.

"그런데 그때 이 멍청한 놈들이 마수를 드러내었지. 클클."

독이 완성되어 넘긴 뒤 얼마 지나지 않았을 때다.

서역에서는 해마다 정기적으로 서역도호부를 통해 교역권을 갱신해야 하는 시기가 정해져 있었다.

외부로의 출타가 적은 구양경이었지만 교역권의 갱신 때만큼은 직접 도호부로 가서 지사를 만나고 왔다.

"서역도호부로 이동하는 중에 습격을 받게 되었소."

백타산장에서 서역도호부로 가려면 삼 일이 소요되는데, 이틀째 되는 날에 구양경의 야영지로 백여 명이 넘는 복면인들이 습격했다.

그들은 흑마광풍진이라는 진을 펼쳐서 구양경을 공격했다.

당연히 복면인들은 이 정도의 전력이라면 충분히 구양경을 제압할 수 있다고 판단했지만 그것은 오산에 불과했다.

구양경은 보기 좋게 흑마광풍진을 파훼하고 복면인들을 몰살시켜 버렸다.

그리고 흉수를 찾기 위해 복면인 몇 명을 잡아왔다.

"클클, 그 복면인 중에 유성천상의 상단 놈들이 몇 껴 있었소. 멍청한 것들이 본 장주를 없앨 수 있다고 확신이라도 했나 보더이다."

은혜보다도 원수에 대해서 더욱 철저한 구양경이었기에 복면인들을 뇌옥에 가둔 후 매일같이 고문해서 흉수를 밝히려 했다.

하지만 아무리 고문을 해도 그들은 입을 열지 않았다.

그렇게 대다수의 복면인들이 고문을 이기지 못하고 죽게 되었고, 마지막 한 사람이 남았을 때 천마가 모습을 드러낸 것이다.

"그때 공이 그 독을 당가의 여식에게 하독해서 본 장주가 오해를 하게 된 것이오."

구양경이 유일하게 독을 제조해 준 게 그들이다.

그런데 천마가 그 독을 가지고 있었으니 오해할 수밖에 없는 상황이었다.

"대체 그 독을 어찌 갖고 있던 것이오?"

자신의 사정에 대해서 이야기해 준 구양경이 반대로 물었다.

분명 오해한 것이지만 어째서 천마가 그 독을 가지고 있었는지 궁금했다.

"얼마 전 마교에 백타산장의 사자라고 하는 남자가 왔다."

"사자?"

구양경이 의아해하는 것도 당연했다. 근래에 구양경은 어디에도 사자를 보낸 적이 없었기 때문이다.

"본 장주는 그때 답신을 보낸 이후로 귀 교로 사자를 보낸 적이 없소. 그리고 남자? 허 참."

보다시피 백타산장의 고용인 중에서 막노동을 하는 자들을 제외하고는 남자는 존재하지 않는다. 전부 여자였다.

"듣기로는 얼굴에 온통 문신을 한 남자였다고 하더군."

"뭐요? 얼굴에 문신을 했다고?"

"알고 있는 자인가?"

황당해하는 구양경의 표정을 보아하니 그자를 알고 있는 듯했다.

백타산장의 이름을 사칭한 것에 분노했는지 그는 살의가 담긴 목소리로 말했다.

"유성천상의 상단주와 함께 있던 호위라는 자가 얼굴에 문신을 했었소."

당시 호위 두 명을 끌고 왔었는데 한 사람의 얼굴이 온통 문신으로 도배되어 있어서 기억에 남아 있는 그였다.

애초부터 독의 목적이 정해져 있던 것이다.

천마는 문신을 한 남자가 마교의 대전에서 자폭하여 독을 하독했음을 알려주었다.

하망초가 섞인 독을 제대로 활용하기 위해서는 폭발이 가장 효과적이라는 것을 알려줬기에 범인은 극명해졌다.

"…크으, 결국 본 장주와 귀 교가 놀아난 셈이 되었구려."

만약 그들이 의도한 대로 되었다면 마교도 전력의 핵심을 잃고 그도 모자라 복수를 위해서 백타산장과의 일전이 벌어졌을 것이다.

암중에 놀아났다는 것에 화가 난 구양경이 분노로 치를 떨다 입을 뗐다.

"이제 서로의 사정은 충분히 알았소. 귀공께서는 그들의 정체를 알고 있는 듯한데, 본 장주에게도 알려줄 수 있겠소이까?"

구양경은 뱀과 같은 남자이다.

그는 이익에 따라서는 어디에든 붙을 수 있지만, 한번 적을 정하면 상대를 완전히 파멸시키기 전까지는 절대로 그 독니를 놓지 않았다.

이런 구양경을 보며 천마는 잠시 고민했다.

'약삭빠른 놈이긴 하지만 충분히 쓸 만하긴 하지.'

북해의 세력이나 동검귀와 다르게 구양경은 절대로 타인이 품을 수 있는 그릇이 아니었다.

뒤에 꿍꿍이를 숨기고 있는 자이기에 내키지는 않았지만 그 무공 수위가 혈교를 상대할 때는 쓸 만했다.

결정을 내린 천마가 입을 열었다.

"그들의 정체는 혈교라는 집단이다."

"혈교?"

혈교라는 말에 구양경이 의아해했다.

이미 천 년 전에 그 맥이 끊긴 혈교인지라 중원무림에서도 알고 있는 자가 드물었다.

혈교의 혈난이 있던 시절에도 배타되었던 곳이 서역이다.

먼 옛날부터 서역을 거점으로 삼은 백타산장이었기에 더더욱 혈교에 대한 정보가 남아 있을 리 만무했다.

"…먼 옛날 무림, 그리고 무림인을 절멸시키려는 단체가 있었다."

누군가에게 설명하는 것을 별로 달가워하지 않는 천마였지만 기본적인 것은 알려줄 필요가 있었다.

천마는 혈교라는 단체의 파생 연원과 현세에 와서 금지된 술법으로 되살아나기까지의 과정을 간략하게 이야기해 주었다.

무림에는 워낙 사람이 상상하지 못할 일들이 많이 벌어지기에 구양경 역시도 처음에는 쉽게 받아들이지 못했으나 이야기를 들을수록 심각하게 여길 수밖에 없었다.

"죽은 자가 부활해서 무림을 파괴하려 한다니… 허어."

"이미 겪어보았으니 알 텐데?"

천마의 말에 구양경이 말없이 신음성을 흘렸다.

그의 말대로 며칠 전에 본 강시는 분명 살아 있는 존재가 아니었다.

압도적인 역량으로 강시들을 처리하긴 했지만 이런 존재들이 무림, 아니, 중원 전역에 풀린다면 걷잡을 수 없는 혈겁이 일어날 것이다.

'중원에 혈겁이 일어나는 것이야 상관없지만……'

이미 백타산장에 강시를 보낸 시점에 중원만이 아닌 무림을 절멸시키는 것이 목적으로 보였다.

그는 이틀 전에 그 파란 가면의 남자가 펼치는 상상을 초월하는 무위를 떠올렸다.

백타산 전체를 사악한 기운으로 물들게 만든 그 혈마기를 말이다.

'그런 놈들이 작정하고 무림을 절멸하려 든다면 정말 방도가 없겠구나.'

만약 그 압도적인 힘을 보지 못했다면 천마의 말을 가볍게 흘려들었겠지만 지금은 아니었다.

혼자의 힘으로 어찌할 수 없다면 방법은 하나였다.

"귀공의 말대로라면 그들이 혈겁을 일으키기 전에 막는 수밖에 없겠구려."

"멍청하게 언제 나타날지 기다리는 것보다는 훨씬 나은 방도지."

천마는 상대가 나타날 때까지 기다리는 위인이 아니었다.

오히려 먼저 선공을 취해서 상대를 숨통을 끊어버려야 직성이 풀리는 성정이었다.

하지만 여기서 구양경이 망설이는 이유 한 가지가 있었다.

'마교와 동맹을 맺으면 그 혈교라는 놈들과 상대할 때 좋겠지만.'

그래도 명색이 서역의 패자라 불리는 그였다.

무림에서 제일 강한 다섯 명이라 불리는 오황의 일인으로서 자존심이 있었다.

이미 얼굴 표정에서 드러나는 감정에 천마가 내심 혀를 찼다.

'쯧쯧, 쓸데없는 자존심은.'

어차피 천마에게 구양경은 있으면 도움이 될지 몰라도 꼭 필요한 존재는 아니었다.

천마가 해독약이 든 주머니를 품속에 넣고 자리에서 일어났다.

"뭐, 대충 반응을 보니 혈교에 대해 방비할 생각 따윈 없어 보이는군."

천마가 가볍게 운을 던지자 구양경이 손사래를 치면서 말했다.

"무슨 섭섭한 소리를 하시오. 본 장주도 귀공이 하는 말에 동의하오. 하지만 사실 동맹이라는 것에는 어느 정도 오고 가는 것이 있어야 하지 않소."

"무슨 소리를 하고 싶은 거냐?"

"귀 교에 필요한 해독약도 주었고 오해가 풀렸으니 귀 교에서도 본 장주를 도울 여지가 있지 않겠소?"

'늙은 너구리가 잔머리를 굴리는군.'

서독황 구양경은 절대로 손해를 보는 남자가 아니었다.

이 짧은 찰나에 뭔가 얻을 만한 것을 생각해 낸 것이다.

"클클, 크게 바라는 것은 없소. 다만 내일 약혼녀 간택에서 공증인을 맡으셨으니… 흠흠."

"뜻대로 해달라는 것이냐?"

말인즉 약혼녀 간택에 있어서 당가의 손을 들어달라는 것이었다.

외부인인 천마의 입장에서는 별일이 아니지만 백타산장에게 있어선 후대를 위한 일이었다.

잠시 고민에 빠져 있던 천마가 고개를 끄덕이며 수락했다.

사전에 구양우에게 백타산장까지 안내해 주는 대가로 약혼녀 간택에 공증을 서주기로 했지만 반드시 오향의 손을 들어주기로 약조한 것은 아니었다.

"좋소. 클클클. 이것으로 본 장과 귀 교는 동맹을 맺은 것이오."

원하는 바를 얻은 구양경이 흡족한 듯 웃었다.

이어 뭔가를 떠올린 듯 자리에서 일어나 집무실의 금고에서 무언가를 꺼내 천마에게 넘겼다.

은으로 만든 패에 뱀 두 마리가 얽혀 있는 문양이 새겨져 있는 것으로 구양가의 가주들이 물려받는 가주패였다.

"이건?"

"본 장을 상징하는 가주패요. 이것을 동맹의 증표로 삼으려고 하오."

"가주패를 증표로 삼는다……."

"이 패를 가지고 있으면 서역에 있는 모든 방파의 도움을 받을 수 있소. 이 정도면 충분히 증표가 되지 않겠소."

가주패를 넘긴 구양경의 행동에 잠시 의아해하던 천마가 피식 웃었다.

구양경의 의도를 파악했기 때문이다.

천마는 품에서 그를 상징하는 금색 패를 꺼내 넘겼다.

"오오!"

"이 패를 보인다면 본 교를 비롯해 중원 각지에 있는 본 교의 지부에서 도움을 받을 수 있을 거다."

"클클클, 이것으로써 확실한 동맹이구려."

구양경이 원한 것은 바로 천마가 가진 금색 패였다.

실질적으로 서로의 도움을 청할 수 있는 패를 교환함으로써 동맹을 확실하게 다지는 것이었다.

물론 이것 외에도 숨겨진 의도가 하나 더 있긴 했다.

'교주의 인가도 없이 곧장 동맹을 결정할 수 있다는 것은 본 장주의 예상대로 전대 교주임이 틀림없다. 만약 그게 아니더라도… 클클클.'

그가 본 천마의 무위는 과거에 만난 태상교주보다도 훨씬 강했다.

그런 자가 강자존의 법칙을 그대로 따르는 마교 내에서 직위가 낮을 리가 없었다.

구양경이 확인하고자 한 것은 천마가 마교에 미칠 수 있는 영향력이 어느 정도인가 하는 것이었다.

"자자, 밤이 깊니다. 한잔하십시다. 클클클."

기분이 좋아진 구양경은 그날 밤에 자신이 가진 애주를 전부 풀었다.

술을 마다하지 않는 천마였기에 늦은 새벽까지 술을 마시고 객실로 돌아왔다.

그가 객실로 돌아왔을 때, 현화단의 부단주인 약연이 아직까지 잠들지 않고 그의 객실 앞에서 기다리고 있었다.

"오셨습니까, 조사님."

"흠, 기다리지 말고 자라 했거늘."

"전해 드릴 전보가 있어서 기다리고 있었습니다."

"전보?"

이곳 백타산장에 저녁 무렵에 도착한 약연이다.

그녀는 천마의 명을 받고 사월방 무사의 안내를 받아 서역도호부에 다녀오는 길이었다.

서역의 사막 지대 중에서도 가장 개척이 잘된 곳이 서역도호부가 있는 성이었다.

그곳에는 현화단의 서역 지부도 있었다.

당연히 기루로서 존재하기에 현화단은 서역도호부 내에 있는 여러 관인들과 긴밀한 관계를 맺고 있었다.

"급한 사항이냐?"

"…특급은 아닙니다."

부끄럽다는 듯이 말하는 약연.

사실 그녀가 알리려고 하는 전보는 천마의 말대로 이른 아침에 알려도 되었지만 구양경의 집무실에 들어가서 늦게까지 오지 않는 천마를 걱정해서 이렇게 기다리게 된 것이었다.

그런 그녀의 태도에 천마가 피식 웃고 물었다.

"내용은?"

"검문이 사파 연맹과의 전쟁에서 패배했다고 합니다."

"뭐?"

뜻밖의 소식에 천마의 눈이 이채를 띠었다.

그가 알고 있는 정보대로라면 사파 연맹은 기존에 남은 사파 세력들이 집결해서 만든 단체였다.

과거 북호투황이 이끌던 때와는 달리 그 영향력이나 힘이 워낙 약해서 교 내 회의에서도 무림맹의 승리를 점쳤다.

만약 마교 대전에서 하독 사건이 없었다면 무림맹을 뒤에서 칠 수 있을 만큼 좋은 기회이기도 했다.

"사파가? 호오, 재미있군."

너무나 공교로운 시점에 수뇌부가 독에 중독되어서 아쉬워하던 천마이다.

그런데 예상과 달리 사파 연맹이 승리했다고 하니 무림의 판도가 달라지게 된 셈이다.

"그래서 어떻게 되었지? 검황이란 놈은?"

"그로 인해서 무림맹에서 대대적으로 사파 연맹과의 전쟁을 선포했습니다."

"크크큭, 많이 열 받았나 보군."

천마의 비웃음대로 공개 석상에서 검문 산하의 최강이라 불리는 금용대가 패배하고 그 수장인 용검호도 유심원의 수급마저 빼앗겼으니 분노하지 않을 수 없었다.

"보아하니 검문 자체의 힘으로 해결될 일이 아니군."

"말씀대로입니다. 검문 산하의 힘으로 해결하는 것이 아니라 맹 내에 있는 문파들이 전부 연계할 것으로 보입니다."

"흐음, 이상하군."

"네?"

"검문이 어째서 고작 잔존 세력에 불과한 사파 연맹에 패배한 것일까?"

"…현화단의 정보로는 아무래도 사파 연맹에 새로운 구심점이 생겨난 것으로 판단하고 있습니다."

무림맹에서도 그렇고 정보 세력을 가진 모든 단체 역시 사파에 북호투황에 버금가는 새로운 구심점이 생긴 것으로 판단했다.

하지만 천마의 생각은 전혀 달랐다.

"새로운 구심점이 생겼다고 해서 무림 삼대 세력을 전부 쓰러뜨릴 만큼의 전력을 가진 검문이 고작 잔존 사파 세력에 패했다는 것이 가당키나 할까?"

"네?"

"여기서 만약 두 세력이 부딪치길 노린 배후 세력이 있다면 어떨까?"

천마의 의미심장한 말에 약연의 두 눈이 커졌다.

그녀가 이 정보를 들었을 때는 별다른 의심 없이 그대로 받아들였다.

그래서 마교에 있어서 여전히 기회가 남아 있다고 판단했다.

하지만 천마는 마교의 시점에 국한된 것이 아니라 더 넓은 거시적인 시점에서 전황을 바라보고 있었다.

놀라는 약연을 바라보며 천마가 계속 말을 이었다.

"이번에 검문이 패하게 되면서 다시 삼대 세력의 축이 돌아오게 되었지. 문제는 예전과 달리 전부 힘이 약화된 상태로 말이야."

천 년 동안 신념이 다른 정, 사, 마는 끊임없이 전쟁을 반복해 왔다.

그러나 워낙 견고하게 세 세력이 균형을 맞춰왔기에 어느 순간부터는 세력 간의 큰 분쟁보다는 가벼운 소모전 정도로 마무리되곤 했다.

그렇게 천 년간이나 고스란히 힘을 유지하던 균형을 깨버린 것이 바로 검문의 무림 일통이었다.

"이번에 무림맹과 잔존 사파 세력이 다시 겨루게 된다면 어느 쪽이 승리하든 분명 힘이 더욱 약화될 것은 뻔하지."

"하지만 그때를 노린다면 본 교에서 무림 일통을 노려봄도……."

"멍청하구나. 그렇게 된다면 본 교 역시 큰 피해를 입게 되겠지. 그렇다면 여기서 제사의 세력이 고스란히 저력을 가진 채로 있게 된다면?"

천마의 말에 약연의 표정이 심각해졌다.

만약 삼대 세력이 이번에 다시 한 번 전쟁을 벌이게 된다면 검문의 무림 일통 때와는 비교도 안 될 만큼 그 힘을 잃게 될 것이다.

"설마 조사님께서 말씀하시는 제사의 세력이라 함은?"

"뻔하지 않나. 목적이 극명한 놈들이 있는데."

"아아!"

그것은 바로 혈교였다.

천마는 잔존 사파의 배후에 혈교가 있으리라고 판단했다.

그들이 본격적으로 나섰다면 무림의 힘이 약화되기 전에 사파의 배후를 잡아야 했다.

밝은 정오부터 시작된 백타산장 구양가의 약혼녀 후보전은 본관에 있는 넓은 실내 연무장에서 진행되었다.

공중인석에는 천마를 비롯한 서역도호부의 관인이 자리해 있었다.

처음 약혼녀 간택을 위한 공중인을 소개할 때 천마가 연무장으로 들어오는 것을 본 당유미를 비롯한 외당주 관서는 내심 당혹감을 감추지 못했다.

'저자가 공중인이라고?'

시작부터 좋지 않았다.

당혜미와의 악연으로 좋지 않은 결과가 나올지도 모른다고 판단했기 때문이다.

사월방주 오균 역시 당가의 사람들이 당황해하는 것을 보며 내심 오향이 약혼녀로 간택될 수도 있을 것 같다는 생각이 들었다.

하지만 모두가 예상한 것과 전혀 다른 방향으로 흘러갔다.

구양경이 후보 간택을 위한 시험을 설명하기 위해 앞으로 나섰다.

"클클, 본가의 며느리로 들어오기 위한 약혼녀를 간택하는 만큼 그에 합당한 시험을 치르게 될 것이오. 두 분의 공중인을 모셔서 하는 만큼 어떠한 불합리함도 없을 터이니 그 점에 대해선······."

"잠시만요, 장주님. 말씀 중에 죄송합니다."

갑작스럽게 구양경의 말을 자른 사람은 바로 사천당가의 당
혜미였다.

어제부터 빠른 차도를 보인 그녀는 간택 후보에는 오르지
못했지만 간택 시험 자리에는 참석할 수 있게 되었다.

"크흠."

자신의 말을 중간에 잘랐기에 불쾌한 구양경이었지만, 내색
하지 않고 할 말을 해보라며 손을 내밀었다.

"공평한 공증인이라고 하셨는데 저자는 저, 아니, 저희 당가
와 마찰이 있던 자입니다."

엄밀히 얘기한다면 당혜미와 마찰이 있었다.

그런 그가 개입한다면 분명 당가에 불리한 판정이 나올 것
이 뻔했다. 비록 동생인 당유미가 잘되는 것을 원치 않는 그녀
였지만 같은 당가의 일원으로서는 달랐다.

천마를 쳐다보며 안절부절못하는 당혜미를 향해 구양경이
말했다.

"이보시게, 당 소저. 저분은 마교에서도 높은 직위에 계신
분이네. 사사로운 감정으로 공증을 하실 분이 아니네."

"네? 마교라고요?"

마교라는 말에 당혜미의 두 눈이 휘둥그레졌다.

워낙 압도적인 무위를 겪은 터라 뭔가 있으리라고는 생각했지만 설마 마교의 인물이라고는 상상하지 못했다.

'그럼 더욱 불리하잖아!'

백타산장은 서역 권역에 속해 있어 정, 사, 마의 어디에도 포함되어 있지 않았다.

그러나 정파의 중심이라 할 수 있는 오대세가인 사천당가는 먼 옛날부터 마교와 분쟁이 끊이지 않았다.

"장주님, 그렇다면 더더욱……."

"더 이상 무례한 언사는 삼가게."

구양경의 경고에는 당혜미만이 느낄 수 있는 위압적인 기운이 담겨 있었다.

그 탓에 당혜미는 그 기운에 억눌려 더 이상 어떤 항의도 할 수가 없었다.

하지만 그 덕분에 당유미와 관서 역시 천마가 마교의 인물이라는 것을 알게 되었다.

'괜찮게 보았는데 마교라니… 정말로 이어질 구석이 없구나.'

며칠 전 오황인 구양경과 겨루는 천마의 뛰어난 무위를 보며 호감이 피어올랐던 당유미는 그 마음을 접어야만 했다.

"총 세 가지의 시험을 치러서 두 번의 승리를 거두면 약혼녀로 간택될 것이네."

연무장의 한가운데에 서 있는 당유미와 오향의 얼굴에 긴장감이 감돌았다.

"자, 첫 번째 시험은 문(文)이네."

"문?"

짝짝!

구양경이 손바닥을 치자 여무사들이 종이가 놓인 탁자 두 개를 들고 들어왔다.

그래도 무림인으로서 합당한 시험을 치를 거라고 여겼는데 설마 이런 방식으로 진행될 줄은 몰랐는지 두 사람 모두 당혹감을 감추지 못했다.

"탁자 위에 놓인 종이에는 옛 시인의 시가 적혀 있네. 그러나 앞 구절은 적혀 있지만 뒤 구절은 비어 있지. 이것을 채워 주면 되네. 주어진 시각은 일각이네."

시를 완성하라는 시험에 오균의 얼굴이 굳었다.

그래도 무공을 겨루는 시험이라면 아무리 당문의 여식이라 할지라도 무재라 불리던 오향에게도 일말의 가능성이 있다고 여겼다.

하지만 한 번도 제대로 된 학문을 가르친 적이 없으니 낭패였다.

'후후후, 장주님께서 걱정하지 말라는 말이 이 뜻이었구나.'

중원무림의 오대세가 자제들은 관과도 제법 연관을 맺고

있기에 학문을 익히는 것에도 소홀함이 없었다.

당유미는 어릴 적부터 시에 관심이 많아서 문인전집 등을 비롯한 많은 책을 읽었기에 이 시험에서 이길 자신이 있었다.

그녀는 탁자에 놓인 종이에 적힌 시의 문구를 보았다.

東臨碣石 以觀滄海(동림갈석 이관창해) 동쪽으로 갈석산에 올라 푸른 바다 바라보니

水何澹澹 山島竦峙(수하담담 산도송치) 강물은 출렁이고 산과 섬이 우뚝하네

樹木叢生 百草豐茂(수목총생 백초풍무) 수풀은 울창하고 온갖 풀이 무성지네

秋風蕭瑟 洪波涌起(추풍소슬 홍파용기) 가을바람 소슬하니 큰 파도가 솟구치네

전반부만이 적혀 있는 시였지만 드넓은 바다의 웅장함을 잘 표현하고 있었다.

그런데 시를 읽어 내려가는 당유미의 안색이 어둡게 변해갔다.

시에 관심이 많은 그녀인지라 꽤 많은 시를 읽었지만 이런 시를 본 적이 없었기 때문이다.

'이, 이게 대체 무슨 시지?'

춘추전국시대의 시전집을 비롯해 한나라 때 것까지 꿰고 있는 그녀였다.

그런데 이 시는 도통 누구의 시인지 알 수가 없었다.

당유미는 당연히 유명한 시를 시험으로 낼 거라 여겼는데 구양경은 그녀가 생각하는 것 이상으로 시에 대해 조예가 높은 인물이었다.

"아아……."

당유미가 옆을 바라보니 오향 역시 제법 당황했는지 신음성을 흘리고 있었다.

'하긴 내가 모르는 것을 고작 사막의 작은 방파 출신인 네까짓 게 알 리가 없지.'

서로가 모른다면 시험에 승자가 없을 터이니 그나마 다행이었다.

일각의 시간이 흐르자 구양경이 그들이 적은 종이를 거둬갔다.

구양경이 먼저 살펴본 것은 당유미가 후반부를 적어놓은 것이었다.

"흐음……."

시를 찬찬히 읽어 내려가던 구양경이 고개를 저으며 종이를 내려놓았다.

"시를 잘 알지 못하는 것 같지만 그래도 이어놓은 것을 보니 당 소저가 시에 대한 이해가 높다는 것을 알 수 있겠네."

후반부에 전혀 맞지 않지만 구양경은 일부로 들으라는 듯이 칭찬했다.

애초부터 구양경이 이 시를 선택한 이유는 모두가 알지 못할 거라는 전제 하에서 출제한 것이다.

이것은 오균을 비롯한 서역도호부의 관인에게 공평한 시험임을 보여주기 위해서였다.

"자, 그럼 오 소저의 시를… 아?"

오향의 시를 읽어 내려가던 구양경의 표정이 일순간 굳어버렸다.

알 수 없는 구양경의 반응에 당유미를 비롯한 당가 사람들의 시선이 집중되었다.

日月之行 若出其中(일월지행 약출기중) 갈마드는 해와 달이 그 속에서 나오는 듯

星漢燦爛 若出其裡(성한찬란 약출기리) 반짝이는 별과 은하 그 속에서 나오는 듯

幸甚至哉 歌以詠志(행심지재 가이영지) 이 얼마나 즐거운가. 이 마음을 노래하노라

놀랍게도 오향이 적은 종이에는 시의 후반부가 정확하게 적

혀 있었다.

시에 대해선 문외한일 것 같은 오향이 정답을 적어내자 구양경이 당혹감을 감추지 못했다.

잠시 말문이 막힌 구양경이 오향에게 물었다.

"오 소저는 이 시의 제목이 뭔지 알고 있나?"

"관창해가 아니온지요."

관창해(觀滄海).

'푸른 바다를 바라보며'라는 제목의 시였다.

정확하게 시의 제목을 알아맞히자 구양경이 혀를 내두르며 고개를 끄덕였다.

"허허허, 이 시는 본 장주조차도 최근에 구한 위무제(魏武帝) 맹덕 공이 갈석산에 새겨놓은 시이건만… 응?"

그 순간 구양경의 시선이 연무장의 관중석에 앉아 있는 구양우에게로 향했다.

구양우는 의미심장한 미소를 지으며 그를 바라보고 있었다.

그제야 구양경은 이것이 어찌 된 영문인지 파악할 수 있었다.

'이놈이 감히!'

평소 시를 좋아해서 수집하는 것이 취미인 구양경은 근래에도 중원에서 구하기 힘든 시 몇 점을 구했다.

이런 아비의 취향을 아들인 구양우가 모를 리 없었다.

구양우는 처음부터 아버지인 구양경이 시에 관련된 시험을 출제할 거라고 확신했기에 최근에 수집한 시의 글귀들을 미리 오향에게 일러주었다.

'이런 식으로 나온다.'

구양경에 비하면 꾀가 모자랐지만 그 아비에 그 아들이라고 구양우가 사전에 시험을 대비하지 않았을 리 없었다.

"첫 번째 시험은 오 소저의 승리네. 그럼 두 번째 시험을 진행하겠소."

짝짝!

화가 섞인 구양경의 목소리에 구양우는 내심 불안한 마음이 들었지만 오향과의 결혼을 위해선 여러 방도를 강구해야만 했다.

끼리리리!

얼마 있지 않아 여무사 다섯 명이 수레에 붙어 커다란 돌을 가지고 왔다.

은은하게 푸른 빛깔을 띠는 돌은 어찌나 무거운지 연무장으로 옮기는 데만 진땀을 뺄 정도였다.

"이건 설마?"

"당 소저는 이 돌을 알고 있나 보구려. 클클, 이것은 청옥석이오."

청옥석은 옥보다 더 단단한 청옥으로 어지간한 보검이 아니고는 자를 수 없었다.

이것을 연무장 한가운데에 가져다 놓은 이유가 무엇일까?

"두 번째 시험은 바로 무(武)요."

무라는 말에 지켜보는 이들 모두가 도통 이해할 수 없다는 표정을 지었다.

무를 겨룰 거라면 두 후보가 서로 무공을 보이거나 싸우는 편이 훨씬 우위를 판단하기 쉬울 텐데 말이다.

"본 장주는 두 후보 중 한 사람이 장차 며느리가 될 사람이기에 무를 겨루다 다치기를 원치 않아 이 방법을 고안한 것이네."

구양경이 청옥석을 향해 다가가 손가락을 가져다 댔다.

"이 돌은 단순한 힘만으로는 어떠한 영향도 미칠 수가 없네. 하지만."

그르르르륵!

구양경이 손가락에 내공을 모으자 단단한 청옥석을 파고들어 손가락만 한 구멍이 생겼다.

"세상에!"

이것을 지켜보는 모든 사람의 입에서 탄성이 흘러나왔다.

청옥석은 어지간한 내공으로는 흠집조차 내기 힘든 단단한 돌이었다. 그것을 내공을 사용해 공격을 가한 것도 아니고 가만히 누르기만 해서 구멍을 낼 정도면 얼마나 심후한 공력을 가졌는지 짐작할 만했다.

"본 장주처럼 구멍을 뚫으라는 것은 아니오. 클클."

당연한 말이었다.

구양경처럼 하기 위해서는 적어도 내공이 화경의 경지에 올라야만 가능했다.

"그럼 어떻게 하라는 말씀이시죠?"

"내공을 사용해 이 청옥석에 가장 많은 홈집을 내는 쪽이 승리하는 것으로 하겠네."

두 번째 시험이 결정되자 당유미와 오향이 각각 청옥석 앞에 섰다.

어떻게 본다면 서로가 직접 손을 섞는 것이 아니라 다행일 수도 있었지만 오향의 입장에서는 한없이 불리한 대결이었다.

"흥!"

내공을 십 성으로 끌어 올린 당유미가 청옥석을 향해 세가의 독공인 만천화경(滿天花境)의 장초를 날렸다.

쾅!

청옥석에 그녀의 초식이 가해지며 굉음이 터져 나왔다.

청옥석에 아주 선명한 손바닥 자국이 파여 있다.

"호오!"

구양경의 입에서 감탄이 흘러나왔다.

고작 약관에 불과한 그녀는 내공이 절정의 경지에 이르러 있었다.

이것은 오대세가의 하나답게 어릴 적부터 벌모세수를 비롯한 각종 영약을 통해 내공을 키운 덕분이었다.

반면.

쿵!

오향이 아버지에게 배운 곤륜파의 권초로 청옥석에 일권을 날렸으나 결과는 형편없었다.

청옥석에는 미세한 홈집 이외에는 어떠한 자국도 남지 않았다.

모두가 결과를 지켜보았으니 승자는 정해졌다.

"두 번째 시험의 승자는 사천당문의 당 소저이네."

구양경의 결과 발표에 오균이 고개를 절레절레 흔들었다.

만약에 이런 내공 시험이 아닌 서로가 초식을 겨루었다면 적어도 오향이 쉽게 밀리지는 않았을 것이다.

왜냐하면 오향은 어릴 적부터 서역의 거친 사막을 돌아다니며 사월방의 패권을 위해 많은 적과 겨룬 경험이 있기 때문이다.

"두 사람이 동등하게 각각 첫 번째와 두 번째 시험에서 승리했기 때문에 이제 마지막 시험을 볼까 하오."

구양경의 말에 당유미와 오향이 긴장한 눈빛이 되었다.

어느 정도 예측 가능한 문무를 겨루는 시험이 끝났기에 이번에는 어떤 시험일지 짐작할 수가 없었다.

"마지막 시험만큼은 본 장주가 더욱 공정함을 기하기 위해 공중인들에게 맡기려고 하는데 두 소저의 생각은 어떠한가?"

뜻밖의 제안에 모두가 의아한 표정이 되고 말았다.

구양경은 마지막 시험을 공중석에 앉아 있는 천마와 서역 도호부의 관인에게 넘긴 것이다.

"본관이 이곳에 공중인으로 왔다고는 하나 무림인이 아닌데 어찌 시험을 결정할 수 있겠소. 마교에서 오신 분께 그 권리를 전부 넘기겠소이다."

그런데 서역도호부의 관인은 마치 기다렸다는 듯이 그것을 또 천마에게 넘겼다.

'하!'

천마가 어이없다는 눈빛으로 구양경을 쳐다보았다.

당가의 계집에게 유리하게 공중을 서달라고 해놓고는 마지막 시험을 자신에게 넘길 줄은 몰랐기 때문이다.

'늙은 뱀이 잔머리를 쓰는군.'

천마가 그의 간악한 속셈을 눈치채지 못할 리가 없었다.

여기서 어떠한 시험을 제안하든지 천마는 당가에 유리하게 낼 수밖에 없었다.

그렇다면 이 승부에서 누가 이기든지 그 책임이나 원망의 화살은 마지막 시험을 제안한 천마에게로 향할 것이다.

당유미를 비롯한 지켜보는 당가 사람들의 표정이 좋지 않았다.

마교의 사람이라는 것도 그렇지만 당혜미와 악연에 가까울 만큼 큰 마찰이 있었기에 불리해도 너무 불리했다.

철없는 당혜미가 두 번이나 기습을 한 상대가 마교의 고위직이라면 훗날 사천당문과도 문제가 될 것이니 더욱 불안한 마음이다.

다 잘될 거라고 얘기한 구양경이 왜 마교의 공중인에게 세 번째 시험을 넘겼는지 이해가 되지 않았다.

한편 사월방주 오균은 속으로 쾌재를 불렀다.

며칠 전에 구양경과 천마가 일전을 벌일 정도면 분명 그리 좋은 사이는 아닐 것이다.

그렇다면 어떤 식으로든 오향을 밀어줄 수밖에 없으리라.

"귀찮은 걸 떠넘기는군."

천마가 자리에 앉은 채로 두 약혼녀 후보를 바라보며 말했다.

구양경의 잔꾀가 어찌 되었든 자신에게로 떠넘긴 탓에 시험을 제시해야만 했다.

모두가 과연 천마가 어떤 시험을 낼지 궁금해했다.

'클클, 약조대로 지키길 바라네.'

뭐가 그리 즐거운지 구양경이 히죽거리며 천마를 바라보았다.

그런 구양경을 향해 천마가 한심하다는 듯이 혀를 차면서 자리에서 천천히 일어났다.

"쯧쯧, 그럼 문무를 겨뤘다면 이번에는 의지를 보도록 하지."

"의지?"

뜬금없는 의지라는 말에 당유미와 오향의 표정이 의아해졌다.

천마가 그들 가까이로 가더니 이내 관중석에 앉아 있는 구양우에게 다가오라는 손짓을 했다.

"네?"

"이쪽으로 와라."

영문을 모르는 구양우가 어리둥절한 표정으로 연무장 가운데로 나왔다.

천마가 연무장으로 나온 구양우를 엄지손가락으로 가리키며 말했다.

"한 사람은 구양우와 애초부터 사귀어 온 사월방의 여식이고……."

'아니, 이자가 설마…….'

당가의 사람들은 구양우와 오향이 오래전부터 만나온 사이임을 전혀 모르고 있었다.

그런데 모두가 보는 앞에서 그것을 밝히자 구양경이 당혹감을 감추지 못했다.

설마 약조를 했는데 자신의 꿍꿍이 때문에 그것을 어기려는 것인가 의심되었다.

"그리고 한 사람은 양가에서 오래전부터 혼사가 논의된 규수이지."

계속 이어지는 천마의 말을 들으니 대체 무슨 시험을 제시하려는지 짐작조차 가지 않았다.

'만나는 정인이 있었다는 거야?'

이곳에 와서 처음으로 구양우와 오향의 관계를 알게 된 당유미가 불쾌했는지 눈썹을 치켜 올렸다.

'대체 무슨 얘기를 하려는 거지?'

오향 역시 당혹스럽긴 마찬가지였다.

옆에서 불쾌감을 풀풀 풍기는 당유미의 눈치가 보였다.

"서로 다른 조건을 가진 두 후보가 유일하게 공통점이 있지."

"공통점이요?"

탁!

천마가 구양우의 어깨에 손을 올리며 말했다.

"이 녀석과 혼인하여 함께 미래를 걸어가려 한다는 거지."

예상과 다르게 멋진 말이 나오자 모두의 표정이 달라졌다.

구양우도 멋쩍은지 머리를 긁적이며 오향을 부드러운 미소로 바라보았다.

마치 축사를 하는 것과 같은 천마의 말에 구양경조차 대체 무슨 의도인지 파악이 되지 않았다.

"두 사람 모두 이 녀석과 그 미래를 걸어가고 싶은 마음이 있나?"

천마의 질문에 오향이 쑥스러운지 얼굴을 붉히며 고개를 끄덕였다.

불쾌감을 풍기던 당유미 역시 잠시 망설이다 이내 고개를 끄덕이며 그렇다고 답했다.

그러자 천마가 묘한 미소를 지으며 말했다.

"그렇군. 그런데 여기서 두 사람 모두 모르는 진실이 있지."

"네?"

"이 녀석에 관한 진실을 알게 되고도 계속해서 그 만남의 의지가 강할지 알아보려 한다."

천마의 의미심장한 말에 구양경의 얼굴이 딱딱하게 굳었다.

마찬가지로 구양우 역시 대체 무슨 얘기를 하려하는지 도통 짐작이 가지 않았다.

그녀에게 숨긴 어떠한 진실도 없는데 대체 이자가 무엇을 안단 말인가?

"구양우, 네 모친은 언제 돌아가셨지?"

지켜보는 사람들 모두가 인상을 찌푸렸다.

천마의 질문 자체가 예의에 어긋나는 것이었기 때문이다.

"이게 중요한 일입니까?"

"중요하다. 빨리 답변해라."

무슨 의도인지 알 수 없는 그의 질문에 구양우가 잠시 망설이다가 이내 떨리는 목소리로 말했다.

"저를… 출산하시면서 돌아가신 걸로 알고 있습니다."

"모친의 얼굴을 모르고 자랐으니 안타깝군."

전혀 안타까워하는 말투는 아니었지만 구양우는 짐짓 괜찮다며 손사래를 쳤다.

그런데 구양경의 표정이 갈수록 좋지 않았다.

'설마… 설마 이자가……'

이때까지 무슨 의도인지 파악하지 못하던 구양경은 천마의 질문에 혹시나 하는 생각이 들어 불안해지기 시작했다.

만약 자신이 생각하는 바가 틀림없다면 천마에게 마지막 시험을 제안한 것은 크나큰 실수가 되어버린다.

그때 천마가 구양경을 손으로 가리키며 말했다.

"그런 안타까움을 네 부친도 겪었지."

"아!"

구양경은 그제야 천마가 무엇을 말하려는지 눈치챘다.

그러나 그를 제지하기에는 무위 면에서도 밀렸고 서역도호부의 관인이 공증인으로 있기에 무리였다.

"대체 무슨 얘기를 하고 싶은 겁니까?"

"당가의 사람이니 독에 대해 잘 알겠지? 독의 최고 경지라 불리는 독인이 되기 위한 조건 말이야."

"아!"

당유미가 그 말이 뜻하는 바를 모를 리가 없었다.

사천당가의 경우도 독공을 익히지만 유독 암기술에 비해서는 그 성취가 더뎠다.

그 이유는 독공의 경지에 오르기 위해서는 독인이 되어야만 하는데 그것은 태어날 때부터 대법을 거쳐야만 가능했다.

그래서 당가에서도 당가 직계에서보다는 방계에서 독인이 탄생하곤 했다.

'태내에서부터 독에 익숙한 체질이 되어야만 독인이 될 수 있는데… 그럼 구양 공자는 직계인데도 독인이란 말인가?'

당유미는 구양우를 쳐다보며 난감함을 감추지 못했다.

그 이유는 매우 간단했다.

천마의 말대로 저 두 부자가 독인이라면 구양가의 며느리가 된다면 독인을 태내에 품기 위해 대법을 실시하게 된다.

그런데 문제는 독인을 낳게 된 후유증으로 산모는 목숨을 잃고 만다.

'혹시나 했는데 구양 장주는 역시 독인이었는가.'

구양가가 유독 일인전승과 직계로만 이루어진다는 정보는 이미 알고 있었지만 그것이 독인대법을 이용했는지에 대해서는 확신하지 못한 당가였다.

"대체 무슨 말을 하시는 겁니까?"

단번에 천마의 말을 알아들은 당유미와 달리 정작 오향을 비롯해 당사자인 구양우는 제대로 이해하지 못했다.

그것은 구양우가 독공을 익히면서도 아버지인 구양경에게 독인대법에 관한 것을 듣지 못했기 때문이다.

"…독인대법을 받은 산모는 출산 때 무조건 죽어요."

정말로 아무것도 모르는 구양우에게 당유미가 씁쓸한 목소리로 말했다.

그제야 천마가 하는 말을 이해하게 된 구양우의 얼굴이 창백해졌다.

'어, 어머니가 죽게 된 것이 전부 나를 독인으로 낳기 위해서라고? 그렇다면……'

운이 좋아서 이 약혼 간택 시험에서 이기게 된다고 한들 결국 구양가의 후대를 위한 독인대법을 받게 되어 짧은 생을 살게 된다.

오향 역시도 이에 충격을 받았는지 두 눈이 떨리고 있었다.

"이게 정말입니까?"

진실을 알게 된 구양우가 화가 난 목소리로 구양경을 노려보며 외쳤다.

천마의 시험을 빙자한 폭로 아닌 폭로에 난처함을 금치 못하던 구양경은 말문이 막혀 아무 말도 하지 못했다.

'본 장주가 아무 말도 하지 않았는데 대체 저자는 그걸 어떻게 아는 거지?'

사실 이 정보는 천 년 전부터 알고 있던 정보였다.

당시에 구양가의 손이 갈수록 귀해지고 있다는 말을 당대의 구양 가주에게 들은 바가 있었다.

모두가 놀라 하는 와중에 천마가 계속 말을 이었다.

"그럼 두 사람의 의견을 묻도록 하지. 이걸 알고도 구양가의 며느리로 들어갈 수 있겠는가?"

두 사람은 왜 천마가 의지를 시험한다고 했는지 이해할 수 있었다.

약혼을 하게 되어 구양우와 맺어지게 된다면 자연스럽게 구양가를 위해 희생하는 시한부 삶을 살게 되는 것이다.

오향이 고개를 푹 숙인 채 아무 말을 못하자 당유미가 먼저 입을 떼었다.

"설사 그렇다고 해도 저는… 그래도 구양 공자와 맺어지고 싶습니다."

뜻밖에도 당유미는 오히려 결의가 가득한 눈빛으로 약혼을 강하게 원했다.

당가에서는 애초부터 구양가가 일인전승이기에 독인대법을 받게 될지도 모른다는 사실을 어렴풋이나마 짐작하고 있었다.

피차 가문을 위한 정략이기에 희생을 각오하고 있던 것이다.

"사월방의 소저는?"

"저는……."

[향아, 안 된다!]

'아버지?'

답변을 하려는 그녀의 귓가로 아비인 사월방주 오균의 다급한 전음이 들려왔다.

얼마나 화가 났는지 얼굴까지 빨갛게 달아오른 오균이었다.

[향아, 당장 그만둬라! 네가 이 약혼을 하게 된다면 고작 몇 해도 살지 못해! 이건 혼례가 아니라 그저 씨받이에 불과해!]

정말로 독인 후계를 낳고 싶다면 첩을 들이면 될 것이다.

그런데 정실부인에게 독인대법을 받게 하는 것은 대체 무슨 짓이란 말인가.

이것은 사실 구양가가 천 년 동안 내려온 전통으로 오직 정실부인이 낳은 자식만을 후계로 삼는 것에서 기인했다.

그렇기에 역대 구양 가주들은 대법으로 단명한 부인을 대신해서 재혼을 하거나 후첩을 들이지 않았다.

[절대로 안 된다, 향아. 넌 최선을 다했다. 이제 녀석을 놓거라.]

그러나 극구 만류하는 오균의 전음에도 불구하고 오향이 결의에 찬 눈빛으로 고개를 저으며 말했다.

"저도… 우 가가와 백년가, 아니, 꼭 맺어지고 싶습니다."

처음에는 백년가약이라는 말을 하려다 진실을 알게 되어 차마 그것을 말할 수 없는 오향이다.

그런 그녀의 결의 속에 담긴 구슬픈 목소리에 구양우의 눈시울이 붉어졌다.

두 사람 모두 약혼에 대한 의지가 확고한 것을 확인한 천마가 구양우의 어깨에 손을 얹으며 말했다.

"목숨을 걸 정도로 두 후보 모두 그 의지가 강하니 무승부로군. 그렇다면 이제 결정권은 네게 남았다. 네 손으로 후보를 고르도록."

"크으……"

천마의 말에 구양우의 두 동공이 심하게 흔들렸다.

어떠한 결정을 내리더라도 만족할 만한 결과를 얻을 수 없기 때문이다.

구양우의 애틋한 눈빛은 오향의 떨고 있는 두 눈을 벗어나지 못했다.

그러나 한참을 망설이던 그는 결국 오향에게서 고개를 돌려야만 했다.

'우 가가, 어째서……?'

시선을 회피한 구양우가 결정을 내렸다는 자신의 의사를 밝혔다.

"누구를 선택할 거지?"

"저는… 저는 사천당문의 당 소저를 약혼녀로 선택하겠습니다."

구양우가 결정을 내리자 좌중의 표정이 각양각색으로 바뀌었다.

자신이 바라는 대로 사천당가를 선택하자 흡족해하면서도 한편으로 구양가의 비밀이 드러나서 언짢은 서독황 구양경.

다행이라는 듯이 안도의 숨을 내쉬면서도 딸의 소원을 이뤄주지 못한 것에 마음이 무거운 사월방주 오균.

결국 세가의 뜻대로 구양가와 맺어졌지만 껍데기뿐인 남자의 선택을 받아 비참해진 당유미.

마지막으로 절망스럽다는 얼굴로 연무장 바닥에 주저앉아 눈물을 흘리는 오향.

그녀는 구양우의 선택이 절대로 자신을 원하지 않아서가 아니라 너무 사랑하기에 포기한 이 상황이 너무도 원망스럽고

슬펐다.

어느 한 사람도 만족스러운 결과를 얻지 못하고 그렇게 구양가의 약혼녀 간택식은 마무리되고 말았다.

'인간은 언제나 선택해야 하는 기로에 서지. 그리고 그 선택은 때때론 원하지 않더라도 잔인하게 사람을 종용하기도 하지.'

"후우~"

천마가 곰방대의 담배를 깊게 빨더니 자욱한 연기를 내뱉으며 연무장을 나섰다.

58장
위기에 빠진 약선

다부지면서도 정기가 넘치는 중년 남자의 전신에 은침이 꽂혀 있다.

고슴도치처럼 온몸에 침이 꽂혀 있는데도 중년의 남자는 신음 한번 내지 않고 담담한 얼굴로 눈을 감고 있었다.

얼마 있지 않아 방 안으로 인자한 인상에 백염 백발의 노인이 들어왔다.

그는 바로 약선 백오였다.

"흐음."

탁!

약선은 중년 남자의 맥을 만져보더니 흡족한 얼굴로 침을 빼기 시작했다.

전신에 꽂혀 있는 침을 하나씩 빼면서 무언가를 확인하더니 말했다.

"독기가 완전히 제거되었네. 허허허."

은침을 전신에 꽂아서 남은 독기를 확인한 약선이다.

다행스럽게도 은침의 색이 여전히 그대로인 것을 보아 이제 완전히 독기가 해독된 것 같았다.

침을 다 뽑자 눈을 감고 기다리던 중년의 남자가 침상에서 일어났다.

침상에서 일어난 남자는 조용히 가부좌를 틀어 운기를 함으로써 스스로의 육신의 상태를 점검했다.

그가 운기를 하자 청명한 선기(仙氣)가 뿜어져 나오며 방 안을 맑게 만들었다.

이것은 검문의 신공인 선천공(仙泉功)을 운용하면서 발산되는 선기였다.

"오오!"

사문의 무공을 익힌 약선이었기에 맑은 기운에 감화되어 저도 모르게 탄성을 흘렸다.

운기를 마친 중년의 남자가 눈을 떴다.

몸속의 독기가 완전히 제거되어 운기가 원활해 불편함이 없어졌다.

"어떤가?"

"다시 되살아난 기분입니다."

"이제 완치된 거라네. 허허허."

"어르신 덕분에 이 종가가 목숨을 부지했으니 어찌 보답해 드려야 할지……."

중년남자의 이름은 종현.

검황의 대제자이면서 검문의 소문주였다.

서독황 구양경의 지독한 독에 중독되어 오랜 시간 동안 방치되었기에 아무리 약선이라고 해도 치료에 시간이 걸릴 수밖에 없었다.

근 한 달에 걸쳐서 완치가 된 종현은 진심으로 약선에게 감사를 표했다.

"별말을 다 하네. 의원으로서 할 일을 한 것뿐, 어찌 보답을 바라겠는가."

사실 구양경의 독을 가볍게 여긴 약선이었지만 그가 독에 관해서는 중원의 일인자라 불린 만큼 해독에 난해함을 겪었고, 연구 끝에 한 달 만에 완치시킬 수 있었다.

'이제 구양경의 독을 다루는 능력은 노부가 범접하기 힘들 정도야.'

어찌 본다면 수십 세대 동안 독에 관해서만 연구해 온 구양가였으니 아무리 천하제일의 신의인 약선이라고 해도 쉽지 않은 것은 당연한 일이었다.

감사의 인사를 올린 종현이 부드러운 목소리로 물었다.

"어르신께서는 이제 어찌하시려는지……."

그가 이렇게 묻는 이유는 검황의 당부가 있었기 때문이다.

하나가 되었다고 생각한 중원이 다시 사분오열되어서 전장으로 바뀌어갔다.

이런 상황 속에서 약선과 같은 천하제일의 의원의 존재는 무림맹, 아니, 검문에 있어서 크나큰 도움이 된다.

'반드시 약선을 포섭해야 한다.'

죽은 자가 아니면 누구라도 살릴 수 있는 신의 약선을 포섭하라는 검황의 명을 받은 종현이다.

그러나 치료하는 내내 누차에 걸쳐 검문의 산하로 들어올 것을 제안했지만 약선은 매번 매몰차게 거절했다.

"노부는 다시 중원을 돌면서 의원의 도리를 다할 생각이네."

'미안하네. 지금은 밝힐 수 없지만 노부는 마교로 가야 하네.'

약선은 속으로 종현을 비롯한 검문에 미안해했다.

뼛속까지 정파인인 약선이었지만 혈교의 눈이 곳곳에 자리한 무림맹에 머물 수 없었다.

더군다나 수양딸인 백양이 십만대산에 있기에 그곳으로 가야만 했다.

"안타깝군요. 어려운 시국인 만큼 어르신께서 무림맹을 도와주신다면 정도를 바로잡는 데 큰 도움이 될 텐데요."

"허허허, 걱정 말게. 맹주께서 있으시니 잘해낼 걸세. 혹시나 무림맹에 문제가 생긴다면 언제든지 달려오겠네."

"그렇게 말씀해 주시니 감사드립니다."

강직한 성격의 종현이었기에 더 이상 고집을 부릴 수가 없었다.

그렇게 종현의 집에서 나온 약선은 자신이 머무는 객실로 돌아와 무림맹을 떠나기 위한 여장을 꾸렸다.

똑똑, 똑똑.

그런 약선의 객실 방문을 누군가 독특한 박자로 두드렸다.

이것은 암구호로 자신의 존재를 알리기 위한 방식이었다.

"들어오게."

"네, 어르신."

그런 약선의 객실로 들어온 리는 현화단의 하남성 지부장인 유주라는 여인이었다.

부단주인 약연에 비하면 그 아름다움이 모자라나 현화단의 지부장답게 색기가 넘치는 모습은 남자깨나 울릴 상이었다.

"준비는 되셨는지요?"

"거의 다 됐네."

"사태가 급박하니 서두르셔야 합니다."

이미 며칠 전부터 마교로부터 약선의 귀환을 재촉하는 전갈을 받은 그녀였다.

하지만 검황의 대제자인 종현이 완치되지 않은 상황에서 움직였다가는 의혹을 받을 수 있기에 지체된 것이다.

"검황의 시선이 다른 곳으로 향한 지금이 적기입니다."

"어서 가세나."

대제자인 종현에게 약선을 포섭하라는 부탁을 했지만 검황 본인도 그에 못지않았다.

시시때때로 찾아와서 검문을 도와달라는 이야기를 늘어놓았다.

절곡의 강시를 비롯해 여러 사건을 겪지 않았다면 선뜻 그 부탁에 혹했을 수도 있었겠지만, 지금은 계속 거절할 수밖에 없었다.

그나마 사파 연맹 문제가 터지면서 근래에 얼굴을 비추지 않아 겨우 틈이 생긴 것이다.

"허어."

무림맹의 남쪽 문으로 내려가던 그들은 놀라움을 감추지 못했다.

무림맹 내부의 남쪽에는 큰 연병장이 많은데 그곳에서 수를 헤아리기 힘들 만큼 많은 무사들이 오열을 갖추고 있었다.

'사파 연맹과의 전쟁을 선언했다더니 정말 빠르구나.'

모든 무사들이 무림맹을 상징하는 문양이 그려진 띠를 매고 있었으나 각양각색의 무사복은 어느 문파와 방파의 사람들인지 알 수 있게 해주었다.

'점창파에서부터 화산파. 아, 저긴 제갈세가구나.'

정말 대대적으로 전쟁을 치르려는 것인지 구파일방을 비롯해 수많은 방파가 집결하고 있었다.

이 정도의 전력이라면 정말 사파 연맹을 끝장내려는 의지가 분명했다.

'여기서 얼마나 많은 이들이 죽을꼬.'

사파를 원망하는 약선이었지만 의원으로서 이 정도 규모의 전쟁이 벌어진다면 분명 수많은 희생자가 속출할 것이기에 안타까운 마음이 들었다.

"어르신, 서두르시죠."

"그, 그러세."

다행히 이제 막 성으로 입성했는지 오열을 갖추느라 정신이 없었다.

약선과 유주는 급히 남문으로 향했다.

여전히 줄을 이어서 들어오는 수많은 정파 무사들의 행렬에 입구는 검문조차 하기 힘들 만큼 어수선한 상태였다.

덕분에 그들은 빠르게 무림맹을 벗어날 수 있었다.

시야에서 무림맹이 보이지 않을 곳까지 왔을 때 약선이 그녀에게 물었다.

"그분께서는 오셨는가?"

그분이 누구인지 알고 있는 유주는 씁쓸한 얼굴로 고개를 저었다.

무림맹 한가운데에 있기 때문에 약선에게 정보를 완전히 알릴 수가 없어서 마교 내에 문제가 생겼다는 정도로만 알려준 그녀였다.

"지금 조사님께서는 교 내에 안 계십니다."

"뭐? 그럼 아무도 마중 나오지 않는단 말인가? 허어."

혈교에서 노릴지도 모를 판국에 아무도 보내지 않았다는 말에 약선은 당혹감을 감추지 못했다.

이런 위험한 곳에 온 것도 천마를 믿었기 때문이다.

"대체 무슨 일이기에 자리를 비웠단 것인가?"

기분이 언짢은 약선의 표정에 난감해하던 유주가 전음으로 사실을 얘기해 주었다.

[어르신, 지금 교의 수뇌부 분들께서 전부 서독황의 독에 중독되었습니다. 그 때문에 조사님께서 사정을 알아보기 위해 서역으로 가셨습니다.]

"허어, 그, 그런 일이 있었단 말인가."

마교에 사달이 일어난 것을 알게 되자 언짢은 기분은 수그러들고 괜히 미안해졌다.

그런데 어쩌다가 수뇌부가 전부 중독되었는지 궁금해지는 약선이다.

"일단 그것은 가면서 설명해 드리겠습니다."

아직까지는 무림맹의 권역이었기에 그녀가 조심스럽게 말하자 약선이 고개를 끄덕였다.

그들은 서둘러서 남하했다.

유주의 말에 의하면 안휘 부근에 교에서 보낸 고수들이 파견해 있다고 한다.

"그래도 그건 다행이구려."

수뇌부가 전부 중독되긴 했으나 소교주 천여휘와 현화단주 매선화가 무사했기에 완전히 중앙집권이 무너진 것은 아니었다.

매선화는 교 내에서 일류 고수 이상의 실력자들을 소규모의 호위대로 편성해 파견했다.

유주가 지도를 보면서 약선을 안내했다.

"이제 곧 호위대가 대기 중인 곳입니다."

이 산 언덕만 넘으면 작은 부락이 있는데 그곳에서 호위대가 기다리는 것으로 알고 있는 그녀였다.

산을 넘자 예상대로 소규모의 작은 부락이 보였다.

일차 목적지까지 도달한 것에 기쁜 유주가 약선을 보채서 부락 입구 쪽으로 달려갔다.

그런데.

"유 소저, 뭔가 이상하지 않은가?"

언덕 위에서 내려다볼 때는 미처 알아채지 못했는데 부락이 고요했다.

마치 사람이 살지 않는 유령 마을처럼 부락 내에 돌아다니는 사람이 한 사람도 없었다.

점심 무렵이라 식사를 위해 전부 집에 있다고 생각하기에도 지붕에 연기 한 점 피어오르지 않았다.

"이보게, 정말 이곳에서 기다리기로 한 것이 틀림없나?"

의구심이 가득한 약선의 말에 그녀도 답답하기는 마찬가지였다.

분명 이곳 부락에서 대기하고 있다는 전보를 받았는데 유령 부락일 거라고는 예상하지 못했다.

"혹시 모르니 부락 내로 더 들어가 보죠."

부락에 집이 많으니 그 안에서 기다릴지도 몰랐다.

불안한 마음이 들었지만 약선은 그녀를 따라서 부락 내로 들어갔다.

그런데 유령 부락으로 생각했는데 또 그 안으로 들어와 보니 사람이 살던 흔적으로 가득했다.

"뭐지? 이상한……."

약선의 말이 끝나기도 전이었다.

끼이이이익!

그들이 부락 한가운데로 들어서자 집집마다 문이 열렸다.

그러더니 그 안에서 정체불명의 파란 혁대의 검은 복면인들이 걸어 나왔다.

기척을 숨기고 있던 복면인들의 등장에 약선을 비롯한 유주의 얼굴이 사색이 되고 말았다.

'하, 함정?'

설마 이곳에서 함정을 쳐놓고 기다리고 있을 줄은 몰랐다.

복면인들 사이에서 대장으로 보이는 붉은 혁대의 복면인이 걸어 나왔다.

눈에서 붉은 안광을 내비치는 그는 분명 혈교의 사람이 틀림없었다.

'크윽, 여기서 약선 어르신을 빼앗기면 안 되는데.'

현화단 지부장인 유주는 이를 어찌해야 할지 난감하기만 했다.

약선을 마교로 데려가야만 중독된 수뇌부를 치료할 수 있었다.

붉은 혁대의 복면인이 약선을 손가락으로 가리키며 위협적인 목소리로 입을 열었다.

"약선, 우리의 손에서 벗어날 수 있을 거라 생각했나?"

"여, 역시 당신들은……."

"크큭, 우리의 눈과 귀는 어디든지 있지. 무림맹이라고 다를 것 같으냐?"

당연히 무림맹 내에도 그들의 정보원이 있을 거라고는 생각했다. 정말 대단한 것은 무림맹을 벗어나는 것을 바로 노릴 거라는 천마의 예측이 맞아떨어졌다.

망연자실해 있던 유주가 떨리는 목소리로 붉은 혁대의 복면인에게 외쳤다.

"감히 약선을 데려갈 수 있을 거라 생각하나요?"

"어리석은 계집, 설마 고작 이것들을 믿고 그러는 건 아니겠지?"

딱!

붉은 혁대의 복면인이 손가락을 튕기자 복면인들이 집 안에서 열 명에 이르는 장정들의 시신을 가지고 나왔다.

"흡!"

그녀는 놀라서 자신의 입을 틀어막았다.

죽은 자들이 입고 있는 복장을 보는 순간 유주는 절망해야만 했다.

그들은 마교의 무사들이 입는 검은 무복을 입고 있었는데, 호위대로 파견 나온 이들이 틀림없었다.

"크크큭, 계집은 죽이고 약선은 데려간다."

그 말이 끝남과 동시에 검은 복면인들이 검집에서 검을 뽑아 들고 그들을 포위했다.

현화단의 지부장답게 일류 고수의 실력을 지니고 있는 유주였지만 이들은 하나같이 절정의 경지에 이르는 고수들이었다.

깡! 퍽!

"꺄악!"

순순히 당할 수 없기에 유주는 연검을 뽑아 들고 달려들었으나 단번에 제압당했다.

뒷목을 맞고 쓰러진 그녀를 바라보며 약선이 비통한 표정을 지었다.

"약선, 순순히 따라와라."

"크으……."

검은 복면인 중 하나가 그의 혈을 제압하기 위해 손을 뻗으려는 찰나였다.

"피, 피해랏!"

"헛?"

쿵!

다른 복면인의 외침에 놀란 복면인이 다급히 뒤로 물러섰다.

그 순간 그가 서 있던 지점의 바닥으로 사람의 몸집만 한 거대한 목갑이 떨어졌다.

거대한 목갑의 등장에 비통해하던 약선의 두 눈이 커졌다.

"이게 뭐지?"

복면인이 조심스럽게 목갑을 건드리는 순간, 목갑이 분해되면서 그 안에서 열두 자루의 보검이 튀어나와 주위에 포위해 있던 복면인들의 몸을 꿰뚫었다.

촤촤촤악!

그들을 쓰러뜨린 보검은 놀랍게도 살아 있는 것처럼 휘어져 다른 복면인들도 노렸다.

그 탓에 부락 전체를 점령한 복면인들이 날아다니는 검을 막느라 마을이 아수라장이 되고 말았다.

채채채챙!

"끄악!"

"크헉!"

단말마의 비명과 함께 복면인들이 날아다니는 보검에 쓰러지자 이들의 대장인 붉은 혁대의 복면인이 자신을 노리는 보검을 겨우 막아내며 당혹스러운 목소리로 외쳤다.

"대, 대체 누구냐!"

일주일 전, 십만대산 마교의 임시 격리 막사.

이곳을 전담하는 의원은 괴의 사타와 약선의 수양딸인 백양으로 둘은 수뇌부를 맡고 있었다.

현재 그들이 할 수 있는 방법은 수뇌부의 독이 더 이상 퍼지지 않도록 하는 것 외에는 별다른 방도가 없었다.

격리 막사의 바깥에서 현화단주인 매선화와 백양이 대화를 나누고 있었다.

그녀가 효용성이 높다고 판단한 이후로 매선화는 자주 백양을 찾아와 살갑게 굴었다.

뭔가 목적이 있어 보였으나 아무런 연고가 없는 마교 내에서 누군가 신경을 써준다는 것에 위안을 받은 백양 역시도 차츰 마음을 열었다.

"매 언니, 그분께서 서역으로 갔다고 했는데, 정말 괜찮을까요?"

"걱정 마, 백 매. 교에서도 실력 있는 고수들로 호위대를 편성했으니까."

두 사람은 많은 친분을 쌓은 듯 서로를 편한 호칭으로 부르고 있었다.

백양은 진심으로 약선이 걱정되었다.

무림에 대한 지식이 없는 그녀였지만 약선을 납치하려는 자들이 무림에서도 굉장히 위험한 집단이라고 들었다.

"왜, 불안하니?"

"아, 아니에요. 언니께서 신경 써주셨는데 큰일이야 있겠어요."

사실은 정말 불안했지만 일부로 손사래를 치면서 내색하지 않았다.

이런 그녀의 마음을 중원에서 수위를 다투는 정보단의 단주인 매선화가 눈치채지 못할 리 없었다.

그때 격리실 쪽으로 현화단의 단원으로 보이는 여자 무사가 다가왔다.

"단주님, 잠시 보고드릴 것이……."

"아, 잠시만 실례할게."

"네."

멀리 갈 것 같이 보이던 매선화는 여자 무사를 데리고 몇 발자국만 떨어져서 보고를 받았다.

백양은 별다른 신경을 쓰지 않았지만 가까운 거리이다 보니 대화가 들려왔다.

"호위단이 출발하긴 했지만 무림맹의 권역이라 위험 부담이 큽니다."

위기감을 조성하는 여자 무사의 말에 백양은 계속 신경이 쓰였다.

그 모습을 힐끗 쳐다보며 매선화가 일부로 들으라는 듯이 말했다.

"성진경 대협이 가주신다면 무사히 데려올 수 있으련만. 그분은 조사님의 명령만 들으니……."

"동검귀를 말씀하십니까? 하긴 오황 중에 한 분이 움직이시면 당연히 별탈 없겠지요."

'동검귀? 그분을 말하는 건가?'

백양은 무림에 대해서 잘 몰랐지만, 마교에 오면서 동검귀가 무림에서도 다섯 손가락에 꼽히는 절대 고수라는 것을 알게 되었다.

본의 아니게 그들의 대화를 듣게 된 그녀는 내심 솔깃해졌다.

'그분이 도와주면 아버지도 무사하실까?'

그렇게 대화를 나누던 매선화가 마무리를 짓고 다시 그녀에게로 다가왔다.

"미안, 백 매. 이야기가 조금 길어졌어."

"아니에요."

괜찮다고 말한 백양이 잠시 망설이다 조심스러운 목소리로 매선화에게 물었다.

"저, 매 언니, 들으려고 했던 건 아닌데 혹시 동검귀라고 불린 대협이 도와준다면 아버지께서도 무사히 돌아올 수 있을까요?"

그녀의 물음에 매선화는 속으로 쾌재를 불렀다.

하지만 내색하지 않고 백양에게 은밀한 목소리로 속삭이듯 말했다.

"백 매, 그분께서 도와주신다면 당연히 약선 어르신도 무사히 돌아올 수 있지."

그 은밀한 몇 마디가 절대 고수를 움직이게 된다.

한편, 안휘 근처의 작은 부락.

"대, 대체 누구냐?"

하늘을 날아다니며 파죽지세로 복면인들을 베는 보검의 기세는 가히 경이로웠다.

붉은 혁대를 한 복면인들의 대장은 보검을 막는 내내 당혹감을 감추지 못했다.

그 역시도 초절정의 극에 이른 검의 고수였는데, 보검을 막는 것만으로도 검병을 잡은 손이 떨릴 만큼 공력이 강했다.

'이기어검이 틀림없다.'

허공을 자유자재로 움직이며 검초를 펼치는 검은 분명 이기어검이었다.

상상을 초월하는 절세고수가 이 일에 개입한 것이다.

빨리 그자의 위치를 파악해서 이기어검을 펼치지 못하도록 해야 하는데 검을 막는 것만으로도 벅찼다.

촤촤촤촤!

그사이에 허공을 누비는 열두 자루의 보검이 대다수 복면인의 심장을 꿰뚫었다.

어찌 해볼 틈도 없이 복면인들은 그대로 죽임을 당하고 말왔다.

"제기랄!"

붉은 혁대의 복면인은 이미 사태가 걷잡을 수 없음을 깨달
았다.

이제 남은 방법은 하나였다.

여기서 약선을 데려가지 못한다면 그를 죽이든가, 아니면
이 일을 윗선에 보고해야 했다.

'우리가 데려갈 수 없다면 약선을 죽여야 한다.'

푹!

"크헉!"

붉은 혁대 복면인의 복부로 보검이 박혔다.

그것은 일부로 자신의 살을 내주고 뼈를 취하기 위한 계책
이었다.

복부에 박힌 보검을 틀어쥔 붉은 혁대의 복면인은 그대로
약선을 향해 검을 찔러들어 갔다.

"흐헉!"

놀란 약선이 보법으로 피하려 했지만 복면인의 검이 너무
쾌속했다.

"죽어라, 약선!"

그러나 복면인의 검이 약선의 미간을 꿰뚫기도 전에 뭔가가
그의 팔을 스치고 지나갔다.

척! 댕그랑!

검을 들고 있던 복면인의 오른손이 그대로 잘려 나갔다.

손을 잃어 고통스러워할 틈도 없이 복면인의 전신 요혈로 열 자루의 보검이 꽂혔다.

푸푸푸푸푸푸푹!

"크허허허헉!"

온몸의 요혈에 검이 박혔으니 죽은 것과 마찬가지였다.

허무하게 당한 복면인의 눈에 바닥에 쓰러져 죽음을 맞이한 수하들이 보였다.

그 짧은 새에 복면인이 모두 죽은 것이다.

'내가… 마지막이었군. 괴물 같은 놈.'

마지막 일격을 가하는 순간까지 모습조차 보지 못해 억울한 찰나에 발소리가 들렸다.

가까워진 발걸음에 고개를 들어보니 죽립을 쓴 중년인이 날카로운 눈매로 자신을 내려다보고 있었다.

"쿨럭쿨럭!"

피 기침을 하는 복면인의 목으로 날카로운 보검 끝이 다가왔다.

어차피 전신 요혈이 뚫려 죽는 마당에 두려울 것이 뭐가 있겠는가.

복면인이 분에 겨운 목소리로 말했다.

"쿨럭! 이런다고 약선이 무사히 돌아갈 수 있을 것 같으냐?"

"그런 건 그대가 염려할 바가 아니다. 편안하게 죽음을 맞이하고 싶으면 그대들의 본거지를 밝혀라."

열두 자루 보검의 주인인 죽립인의 정체는 바로 동검귀 성진경이었다.

그는 죽어가면서도 여전히 붉은 안광을 빛내는 복면인을 바라보며 속 깊이 묻어둔 분노가 솟구치고 있었다.

"내 몸에⋯ 쿨럭쿨럭, 꽂힌 열한 자루와 그 검, 크크큭, 네놈이 그 동검귀란 놈이구나. 듣던 대로군."

회광반조(回光返照)의 증상일까.

복면인의 목소리에 차츰 힘이 들어가고 있었다.

정체가 묘연하던 과거와 달리 지금은 소림사 백팔나한진과의 대결로 인해 무림 전체로 그 무공과 얼굴이 퍼져 나간 진경이었다.

"허튼수작 부리지 말고 그대들의 본거지를 밝혀라!"

짙어지는 살기는 복면인의 심장을 옥죄일 만큼 강렬했으나 이미 죽음을 받아들였기에 공포는 잊은 지 오래였다.

"크크큭, 나야말로⋯ 쿨럭쿨럭, 경고하지. 지금이라도 늦지 않았다. 약선을 우리에게 넘긴다면 조금이라도 수명을 연장할 수 있을 거다. 그렇지 않는다면⋯⋯."

푸우우욱!

"끄어어어억!"

분노한 진경이 왼손 검지를 들어 올리자 전신에 박혀 있는 검이 더욱 깊게 파고들어 복면인에게 엄청난 고통을 안겨주었다.

고슴도치처럼 박힌 검에서 피가 흘러내리는 모습은 끔찍하기 짝이 없었다.

"그만! 성 대협! 그만하시오!"

이를 지켜보던 약선이 끔찍함에 참지 못하고 외쳤다.

아무리 적이라고는 하나 이미 죽음을 앞둔 자에게 할 행동이 아니었다.

하지만 약선의 만류에도 불구하고 진경의 분노는 수그러들 줄 몰랐다.

"말해라. 그렇지 않으면 더욱 비참하게 죽을 것이다."

그런 고통 속에서도 복면인은 절대로 고개를 숙이지 않고 마지막까지 할 말을 했다.

"하아, 하아, 네놈은 절대로 살아서 마교로 갈 수 없을 것이다. 쿨럭쿨럭! 본 교의 천라지망에……."

"크아아아아아아아아!!"

촤악!

결국 분노를 이기지 못한 진경의 손에 공력이 더해지자 복면인의 온몸이 박혀 있던 보검들에 의해 찢겨져 나가 분해되고 말았다.

그 잔인한 광경에 약선은 고개를 돌려야만 했다.

어차피 복면인이 절대로 자신들의 근거지를 알려주지 않을 거라고는 예상했지만 이 정도까지 버틸 줄은 몰랐다.

한 차례 분노를 토해낸 진경은 허탈한 얼굴로 보검들을 회수했다.

같은 시각, 석벽 전체가 촛불로 가득한 어두운 방 안.

석벽의 아래쪽에 자리한 촛불 하나가 바람 한 점 없이 심하게 일렁이다 이내 꺼져 버리고 말았다.

이를 감지한 어두운 그늘에 가려진 석좌에 앉아 있던 남자가 허공을 향해 입을 열었다.

"육마 대주가 죽었다."

그 말이 떨어지기가 무섭게 어두운 그림자 사이에서 한 복면인이 모습을 드러냈다.

은빛 혁대를 매고 있는 복면인에게선 어떠한 기척도 느껴지지 않았다.

마치 유령을 보는 것 같은 복면인에게 석좌의 남자가 명을 내렸다.

"안휘성을 중심으로 중원 각 지역에 천라지망을 가동해라. 반드시 약선을 탈취하라."

"충!"

짧은 복명과 함께 복면인은 처음 나타났을 때와 같이 그림자 속으로 스며들 듯이 사라졌다.

한편, 동검귀를 만나 겨우 목숨을 부지한 약선과 유주는 빠른 속도로 남하하고 있었다.

예상치 못한 동검귀 성진경이 호위를 하러 오니 든든한 마음이 든 유주였지만 적이 죽어가면서 거론한 천라지망이란 말을 듣는 순간 사색이 되고 말았다.

"정말 천라지망을 펼친다면 이건 최악의 상황이라고 할 수 있어요."

천라지망(天羅地網).

그것은 말 그대로 하늘에 새 그물, 땅에 고기 그물이라 할 만큼 아주 촘촘한 경계망을 펼치는 것으로 수많은 무림 고수가 동원된 최악의 추적술이다.

"그렇게 심각한 것이오?"

"천라지망은 기본적으로 밤낮을 가리지 않고 수천 명에 이르는 고수들이 추적해요. 한시도 쉴 수 없게 만들어 상대를 압박하는 추적술이에요. 오황이신 성 대협께서 계시지만 조금이라도 방심하면 약선 어르신은……."

빼앗기거나 죽을 수도 있었다.

아무리 성진경이 철두철미하게 호위한다고 해도 끊임없이

밀고 들어오는 적을 전부 막는 것은 쉬운 일이 아니었다.

"하아, 정말 큰일이에요."

"상관없소. 그는 무사히 마교로 돌아갈 것이오."

불안해하는 유주를 달래기라도 하듯 진경이 그녀를 안심시켰다.

나라가 망하면서 유배지에서 수천에 이르는 군의 경계망을 벗어나 중원으로 도망친 이력이 있는 동검귀 진경이다.

그때도 아내를 데리고 도망치면서 수백에 이르는 적의 목을 베었다.

'내 딸의 눈에 피눈물이 흐르게 할 수는 없지.'

약선을 빼앗긴다면 그 수양딸인 백양이 매우 슬퍼할 것이다. 절대로 그런 일을 만들지 않기 위해서 그가 온 것이다.

"일단 서두릅시다."

"조금만 더 남쪽으로 이동하면 마을이 있으니 그곳에서 말을 구하면 됩니다."

"좋소. 그렇게 하도록 합시다."

사태가 급박하기에 그들은 큰 고을에 가서 말을 구입해 서둘러 남하했다.

그 혼자서 절정의 경공을 펼친다면 모를까, 쉬지 않고 말을 타고 이동해도 안휘 북단에서 십만대산까지는 족히 보름이 넘는 시간이 소요되었다.

그렇게 쉬지 않고 남하한 지 이틀이라는 시간이 흘렀다.

적어도 이삼 일 정도는 적의 습격이 없을 거라고 예상했지만 생각보다도 천라지망은 훨씬 빠르게 가동되었다.

고작 하루도 이동하지 않았을 때 복면인들의 습격을 받게 되었다.

오황인 동검귀에 비해 무위가 한참 떨어지는 복면인들이기에 쉽게 물리치고 남하하고 있었지만 습격하는 횟수가 너무 많았다.

안휘의 남쪽 지역까지 오면서 벌써 여덟 차례 습격을 받았다.

체력이 약하고 늙은 약선을 배려해 중간에 객잔에 들렀을 때는 음식에서 독극물이 나오는 바람에 제대로 끼니를 때우지도 못했다.

'내가 문제가 아니다. 이러다간……'

이틀 만에 퀭한 얼굴이 된 두 사람을 쳐다보며 진경은 걱정이 될 수밖에 없었다.

아직까지 갈 길이 먼데 벌써 지쳤다면 천라지망을 벗어나는 것은 지옥을 걷는 것과 마찬가지일 것이다.

하지만 이것은 시작에 불과했다.

59장
천라지망

십만대산 마교의 성 내 격리 막사.

격리 막사 내에 약을 달이는 진한 냄새가 진동했다.

백양이 내복약을 탕기에 넣고 달이는 동안 괴의 사타는 연고처럼 되어 있는 약을 수뇌부의 상처 부위에 바르고 있었다.

'대단하군. 이런 식으로 약재를 조합하다니⋯⋯.'

사타는 약을 바르는 내내 감탄을 금치 못했다.

수뇌부의 상처 부위에 약을 바르자 미세한 거품이 일어나며 김이 올라왔다.

강한 독이 해독되면서 일어나는 현상이었다.

"끄으으으!"

"켈켈, 참으시게. 독이 해독되는 걸세."

해독되는 부위의 통증이 강한지 약을 바른 수뇌부의 입에서 신음성이 끊이질 않았다.

사타는 천마가 가져다 준 해약을 제조하는 법을 읽었다.

이 독에 쓰인 하망초는 중원 대륙의 북서쪽에 위치한 신강에서 구할 수 있는 독초였다.

'연기에 독성을 품는 것을 이용하다니 구양경이 독으로는 가히 최고라고 해도 과언이 아니군.',

일반적인 독은 뜨거운 열이나 폭발로 인해 독성 자체가 날아가 버린다.

그런데 이 하망초를 이용해 오히려 열기로 인한 연기에 독기를 싣는다는 발상은 범인이라면 하기 힘들다.

"사타 어르신, 탕약이 완성되었어요."

약을 달인 백양이 약 그릇에 진한 내복약을 담아서 들고 왔다.

그들은 누워 있는 수뇌부들을 일으켜 조심스럽게 내복약을 숟가락으로 떠서 입으로 흘려보냈다.

격리 막사 밖에서는 천마와 현화단주인 매선화가 기다리고 있었다.

의자에 앉아서 편안한 자세로 곰방대를 물고 있는 천마와 달리 매선화는 초조하게 결과를 기다리고 있었다.

'서독황이 정말 제대로 된 해약을 주었을까?'

매선화는 천마에게 내색은 하지 않았지만 내심 불안했다.

태생부터 정보단에서 자라온 그녀는 의심이 많았다.

마교에 대한 철저한 맹신 외에는 모든 것을 분석하고 의심하는 성격 덕분에 현화단의 수장으로 있을 수 있었다.

탁!

얼마 있지 않아 막사의 입구가 열리며 사타가 나왔다.

매선화가 부리나케 달려가 그에게 물었다.

"사타 어르신, 어떻게 되셨습니까?"

"켈켈, 걱정 말게. 해독약은 확실하더군."

외복약과 내복약을 동시에 썼는데 확실히 효험이 있었다.

심지어 수뇌부 중에서는 의식을 되찾은 이도 몇 명이 나올 만큼 약효가 빨랐다.

사타의 말에 매선화의 얼굴이 밝아졌다.

"하아, 교의 홍복이로군요. 정말 다행이에요."

지금까지는 매선화의 도움을 받아 소교주 천여휘가 교를 잘 운영했다.

하지만 실질적인 수뇌부들이 자리를 비우면서 지휘 체제가 많이 흔들린 상태였다.

사타가 고개를 끄덕이면서 한숨을 내쉬었다.

"노부에게 감사할 것이 있나. 주군께서 서독황과 잘 이야기가 되어서 다행이지. 이 독은 약선이 왔어도 꽤나 애를 먹었을 게야."

신의라고 불리는 약선이 치료하지 못할 것 같지는 않았지만 독의 조합이 워낙 독특했기에 시일이 걸렸을 확률이 높았다.

그렇지 않아도 약선이 마교로 오는 것이 늦어지는 마당에 천마의 빠른 복귀는 천운이라고 할 수 있었다.

"해독제를 양산할 만한 약재들은 구하기 쉽나?"

천마의 물음에 사타가 웃으며 말했다.

"켈켈, 서독황 그 작자가 생각보다 쉽게 구할 수 있는 약재들을 적어놔서 그것은 어렵지 않습니다."

"그래?"

"독에 쓰이는 하망초는 중원에서 구하기가 꽤 힘들지만 뭐, 다른 약재들이야 교 내에도 있으니 말입니다."

"중원에서 구하기 힘들다고?"

그 말에 천마는 서독황 구양경과 밤새 술을 마시면서 한 이야기를 떠올렸다.

하망초란 독초는 서역을 통틀어 중원에서 구하기 힘든 것인데 유성천상에서 상당히 대량으로 구해줬다고 했다.

"구양경은 이 약초를 대량으로 구했다고 들었는데?"

"대량으로? 그럴 리가요? 이 약초 자체가 그리 쉽게 구할 수 있는 약초가 아닙니다."

사타가 이해할 수 없다는 표정으로 반문했다.

아무리 사타가 서독황이나 약선에 비해 약재 조합 능력이
낮다곤 하나 그 지식이 얕은 것은 아니었다.

"어째서 그렇지?"

"켈켈, 이 하망초란 것이 매우 독특한 기후 조건에서만 나
는 독초죠."

"독특한 기후 조건?"

"중원에서도 유일하게 설산과 사막, 그리고 초원이 동시에
공존하는 지대가 있지요. 이 독초는 설산의 경계면에서만 자
랍니다."

차가운 설산과 무더운 사막이 동시에 존재한다 하니 천마
가 의아한 눈빛으로 물었다.

"그런 곳이 어딘지는 알고 있나?"

"조사님, 그곳은 저도 알 것 같습니다."

"음?"

정보단의 수장인 만큼 중원 내에 매선화가 모르는 지역은
없었다.

그녀가 품속에서 작은 중원 전도를 꺼내 들었다.

그리고 중원 전도에서 서북쪽을 가리켰다.

"여깁니다."

"신강… 이로군."

천 년 전에 중원에서 가보지 않은 곳이 없는 천마였다.

하지만 신강의 경우는 서역보다도 훨씬 멀었고 중원 서북부인 청해를 통과해서 한참을 올라가야만 갈 수 있기에 그곳은 가보지 못했다.

"여기에 가본 적이 있나?"

"저도 듣기만 했습니다. 신강의 구릉지대에 설산과 사막이 공존하는 곳이 있다고 하더군요."

"흥미롭군."

신기했다.

황량한 모래사막과 차가운 눈이 쌓인 설산이 공존한다니 말이다.

사타가 전도의 동북부 지역을 짚으며 말했다.

"노부가 알기로는 아마도 신강의 동북쪽에서만 자생하는 것으로 알고 있습니다. 하지만 풀이 워낙 약해서 드문드문 나는데 이걸 대량으로 구했다면……."

"인위적으로 키운 것이군."

"그럴 확률이 높을 겝니다. 켈켈."

위험한 독초를 인위적으로 대량 생산했다는 것은 가볍게 넘길 문제가 아니었다.

서역의 백타산장에서 구양경과 대화를 나눌 당시에는 마교를 노리기 위한 것만으로 국한 지어 생각했다.

'쓸 수 없는 독초를 대량으로 생산할 수 있게 되었다면……'

굉장히 위험하다고 할 수 있었다.

직접 하독하는 것이 아니라 폭발로 인한 연기가 퍼져 나가 수많은 사람을 대량 살상할 수 있는 독무기이다.

더군다나 화경의 경지에 오른 고수조차도 무력화시킬 만큼 독기가 강하다.

"조사님, 무슨 문제라도 있으신지……?"

"내가 어젯밤에 한 말 기억하나?"

"어젯밤의 이야기라면 당연히 기억합니다."

늦은 밤에 도착한 천마는 간략하게 마교 대전에 일어났던 하독 사건을 정리했다.

그것이 서독황 구양경이 벌인 것이 아니라 혈교에서 계략을 꾸미며 마교와 백타산장이 서로 상잔하도록 꾸민 짓임을 밝혔다.

"대전 내에 독을 하독한 것이 백타산장이 아니라 혈교에서… 아!"

그제야 뭔가를 깨달았는지 두 눈이 커졌다.

이것은 단순히 마교와 백타산장을 상잔시키려는 목적만 있는 것이 아니었다.

"독을 실험했군요. 본 교를 상대로."

그녀가 입술을 질끈 깨물며 확신했다.

천마 역시도 동의하는지 고개를 끄덕였다.

"대담한 짓거리지. 마교와 백타산장이 싸우게 만들면서 고수들에게도 독을 실험할 수 있으니 말이야. 크큭, 그놈다운 발상이군."

누구의 머리에서 나왔는지 짐작이 갔다.

혈마가 혈교의 중심이자 몸통이라면 그 머리를 자처하는 놈이 있다.

천 년 전 간교한 계책으로 중원무림의 무인 팔 할 이상을 죽음으로 내몬 악마의 뇌를 가진 자.

'혈뇌 종리악, 그놈도 부활시켰나.'

위험할 정도로 계략에 능한 놈이었다.

천 년 전 젊었을 적의 천마를 몇 번이나 잔꾀로 위험에 빠지게 만들 정도였다.

하지만 당시 혈마와 어떤 문제로 대립했는지 최후의 혈교대전이 일어나기 전에 내부에서 참수당한 걸로 알고 있었다.

그렇기에 다른 수뇌부들이 부활해도 놈은 부활시키지 않을 거라 예상하고 있던 천마이다.

'놈까지 부활했다면 더욱 골치 아픈데.'

종리악의 계략에는 반드시 여러 수가 동시에 존재했다.

워낙 철저한 놈이다 보니 계략이 전부 연계되어서 상대를 사지까지 몰아갔다.

"그나마 다행이군요. 조사님께서 놈들의 계략을 저지한 것이 아닙니까?"

내심 걱정하는 천마에게 매선화가 안도의 숨을 내쉬며 말했다.

만약에 정말로 백타산장이 흉수라 생각해서 전쟁을 벌였다면 수뇌부가 없는 마교는 크나큰 치명타를 입었을지도 모른다.

천마가 일에 개입한 탓에 혈교의 계략과는 전혀 다른 방향으로 일이 전개되었으니 그들도 분개할 것이다.

그런데 매선화의 말을 듣다 보니 천마는 문득 다른 생각이 들었다.

"…아, 그랬던가?"

"네?"

"놈들은 내가 백타산장에 있을 때 그곳을 습격했다. 서독황을 포섭하기 위해서라고 했으나 계속 제거하려 들었지."

오황의 일인인 서독황을 포섭하는 것은 혈교에 있어서도 이득이다.

그런데 어째서 포섭이 안 될 경우·당장 제거하려 들었는지에 대해서는 혈교의 무림 멸살 계획 때문에 별다른 의심을 하지 않던 천마이다.

"아무리 놈들이라고 해도 오황을 쉽게 제거하는 게 가능할까요?"

중원에서 최고라고 불리는 다섯 패자가 오황이다.

실제로 혈교의 저력을 눈앞에서 본 적이 없는 매선화이기에 의구심이 들 수밖에 없었다.

만약에 혈마가 직접 강림한 것을 보았다면 가벼이 여기진 않았을 것이다.

"아니, 가능하다."

"네?"

"다른 놈들은 몰라도 놈은 가능하지."

다른 사람의 육체로 무공의 이상향이라 불리는 대연경의 경지를 끌어냈다.

분명 본신의 능력은 백타산 위에서보다 훨씬 강할 것이다.

천 년 동안이나 지옥에서 무림에 대한 피의 복수를 꿈꾸던 자이니만큼 그 내부에 숨겨진 패가 더 없으리란 보장이 없었다.

"놈들이 서독황을 제거하려 한 이유는 극명하지."

"켈켈, 노부도 알 것 같구려. 해독약 때문에 그런 것이 아닙니까?"

사타의 말에 매선화가 놀란 표정이 되었다.

생각해 보니 독을 제조한 자를 없앤다면 해독약을 가진 것
은 오직 혈교 그들뿐이게 된다.

그렇다면 애초부터 혈교의 목적은 대량 살상을 위한 독무
기를 확보하는 것이었다.

"그렇다면 정말 큰일이군요. 위험한 놈들 손에 위험한 것이
들어간 꼴입니다."

매선화가 심각하다는 듯이 인상을 찌푸렸다.

중원 전역에 대량으로 독을 살포한다면 막을 방도가 없다.

"그래도 해독제를 만드는 제조법을 저희가 알고 있으니 그
나마 본 교에서는 대처할 수 있겠군요. 저는 이 해독제를 대
량 양산화하도록 하겠습니다. 가능한가요, 사타 어르신?"

"못할 것도 없네. 구하기 어려운 약재는 없으니 말이네."

구양경이 처음부터 해독약을 어렵게 제조했다면 일이 복잡
해질 수도 있었지만 그나마 제조에 드는 약재가 쉽게 구할 수
있는 것들이라 다행스러웠다.

'혈교 놈들이 그 늙은 뱀을 가볍게 여긴 것이 오산이었군.'

영악한 구양경 역시도 독이 악용될 수도 있을 것을 염두에
뒀다.

그 위험한 독을 대량으로 생산할 수 있는 자들이 독을 만
들 수 있는 제조법을 알려달라고 했으니 말이다.

아마도 구양경은 이런 사태를 대비하기 위해 해독약을 쉽

게 만들 수 있게 했을 것이다.

"그럼 저는 해독에 필요한 약재들을 구해보겠습니다."

매선화가 한시가 바쁘다는 듯이 움직이려 하자 천마가 제지했다.

"잠깐 그전에 백타산장으로 사자를 보내서 구양경을 본 교로 불러라."

"네? 서독황을요?"

"내가 그곳을 떠났으니 혈교에서 다시 그 늙은 뱀을 제거하려 들 것이다. 그전에 먼저 선수를 쳐야지."

"그야 그렇지만… 조사님, 그래도 명색이 오황인 그가 그렇게 쉽게 움직일까요?"

오황의 대다수가 한 지역의 패자였고, 따라서 그 자존심이 하늘을 찔렀다.

그런 그들에게 사자를 보내서 오라고 한다면 과연 올지 의구심이 들었다.

"아, 깜빡하고 얘기를 안 했군. 백타산장과는 동맹을 맺었으니 내 패를 다시 파서 가져간다면 분명 올 거다. 뭐, 지금 같은 사정에 대해서도 알려준다면 더더욱."

"네? 도, 동맹을 맺으셨다고요?"

백타산장과 동맹을 맺었다는 말에 매선화가 황당하다는 얼굴이 되었다.

"이번에는 본 교의 이름을 걸고 맺은 것이니 아마 동검귀보단 쓸모가 있을 거다."

"하아, 조사님은 정말……."

정말 대단하다는 말 외에는 표현할 길이 없었다.

다른 세력도 아니고 서무림의 패자라 불리는 서독황의 백타산장과 동맹을 맺었다는 것은 그 의미가 매우 컸다.

검문이 주도하는 무림맹조차도 쉽게 건드리지 못한 것이 백타산장이다.

이로써 현 오황의 삼 인이 마교에 있거나 연을 맺게 된 것이니 그야말로 무림의 판도가 확연하게 바뀐 것이나 마찬가지였다.

"명을 받들겠습니다. 후훗, 검문에서 굉장히 곤욕스러워하겠군요."

생각만 해도 즐거워지는 매선화였다.

"그리고 동검귀 그놈을 불러라."

"네? 성 대협은 무슨 일로……."

뜬금없이 동검귀 성진경을 찾자 매선화가 당혹감을 감추지 못하고 물었다.

그도 그럴 것이 진경은 매선화의 잔꾀로 약선을 호위하기 위해 자리를 비웠기 때문이다.

"멍청하긴, 쯧쯧. 신강 쪽에서 하망초란 것을 대량으로 제배

한다면 그들의 근거지가 그곳일 확률이 높겠지."

놈들의 근거지를 찾아서 대량으로 재배하는 독초를 제거해야 한다.

아무리 해독약을 만들 수 있어도 시시각각 광범위하게 퍼지는 독에 대응하긴 힘들었다.

'녹옥불장이 있다면 좀 더 찾기가 수월하겠지.'

그들을 추적할 수 있는 신기인 녹옥불장을 숨겨둔 것이 진경이었기에 그것을 받아야 했다.

그런데 안절부절못하는 매선화의 태도가 이상했다.

"설마 여기에 없는 것이냐?"

이를 천마가 눈치채지 못할 리 없었다.

"…실은 성 대협께서는 약선을 데리러 무림맹에 가 있습니다."

"뭐?"

기가 막힐 만큼 엇갈려 버린 셈이다.

자신의 명 이외에는 움직이지 않는 그가 움직였다는 것은 분명 매선화가 백양을 이용해서 계책을 낸 것이 틀림없었다.

"조사님께 허락을 구하지 않고 멋대로 성 대협을 움직이게 해서 죄송합니다."

"하아, 뭐, 됐다. 어차피 약선을 노리는 놈들이 있을 테니."

어차피 무림맹을 벗어나면 약선을 노리는 혈교 놈들이 있을 거라 짐작한 천마였다.

그런 점에서 본다면 자신을 대신할 수 있는 사람은 현재 교내에선 동검귀뿐이었다.

그녀의 판단은 틀리지 않았다. 그러나 문제는 다른 데서 발생했다.

"헉헉! 다, 단주님! 급보입니다!"

격리 막사가 있는 곳으로 현화단의 여무사가 헐레벌떡 달려와 급보를 알렸다.

"대체 무슨 일이냐?"

"야, 약선 어르신을 데리러 간 본 교의 호위대가 전부 시신으로 발견되었습니다!"

"뭐야?"

갑작스러운 급보에 매선화가 당혹감을 감추지 못했다.

그것이 끝이 아니었는지 여무사는 계속해서 급보의 내용을 알렸다.

"그, 그리고… 안휘를 비롯한 강서, 호남에 있는 본 교와 현화단의 지부가 공습을 받아서 지금 연락망이 일시적으로 끊겼습니다."

"연락망이 끊겨?"

안휘에서 강서, 호남은 이곳 십만대산으로 오는 길목이다.

그곳에 있는 지부들이 전부 공습을 받아 연락망이 끊겼다는 것은 심상치 않은 일이 벌어지고 있음을 의미했다.

가만히 급보를 듣고 있던 천마가 눈을 가늘게 뜨고 의미심장한 목소리로 말했다.

"…천라지망이군."

"천라지망이요?"

매선화가 놀란 목소리로 물었다.

그도 그럴 것이 당금 무림에서 천라지망을 펼칠 수 있을 만한 저력을 가진 단체가 많지 않기 때문이다.

천라지망에 투입되는 인원은 적어도 수천 명에 이를 만큼 방대하다.

사파 연맹을 비롯해 무림맹은 현재 전쟁에 돌입한 상태라 다른 곳에 여력을 쏟아 부을 상태가 아니었다.

"조사님, 지부들이 파괴된 것은 천라지망보다는 오히려 본교에 대한 압박이 아닐까요?"

"어리석은 소리군."

천마가 펼쳐져 있는 중원 전도를 가리켰다.

무림맹에서 십만대산으로 오는 길목의 지부들을 멸해서 연락망이 끊겼다는 것은 이 안에서 벌어지는 향후의 일들을 전혀 가늠키 어렵다는 의미였다.

"우연으로 생각하나?"

"확실… 하군요."

천라지망을 펼치기 위한 기본적 요건은 상대의 정보망을 제거하는 것이다.

이곳 세 지역의 정보망이 없어진 탓에 마교에서는 약선이 이동해 오는 경로를 전혀 파악할 수 없게 되어버렸다.

결과적으로 이 천라지망은 약선을 노렸다고밖에 판단이 되지 않았다.

"대체 누가 이런 짓을 한 걸까요?"

사실 짐작 가는 부분은 있었지만 확신할 수는 없었다.

왜냐하면 혈교에서 천라지망을 펼친 것이라면 처음으로 무림의 전면에 모습을 드러낸 것이나 마찬가지였기 때문이다.

백타산장 때도 구양경을 제거하기 위해 모습을 드러냈지만 그때와는 달랐다.

서역에서는 정보를 차단하는 게 가능했지만 세 지역에서 동시다발적으로 모습을 드러낸다면 정보를 차단하는 것이 힘들다.

마교의 지부와 정보 단체가 단번에 괴멸되었으니 여타의 무림 단체 정보단에 발각되는 것은 시간문제였다.

'무리해서 전면에 모습을 비추면서까지 약선을 노린다는 건……'

"약선이 놈들에게 매우 중요하단 말이군."

천마는 확신했다.

지금 혈교에 있어서 약선은 반드시 필요한 존재임에 틀림없었다.

그렇지 않고는 이 정도 규모의 천라지망을 펼칠 이유가 없었다.

"그렇다면 어떻게 해서든 약선을 탈환해야겠군요. 그래도 오황인 성 대협께서 호위를 해주시니 그나마 다행이군요."

"그리 가벼운 이야기가 아니다."

"네?"

"녀석의 전력을 파악했으니 그에 상응하는 수준으로 천라지망을 변형시키겠지."

아직 천마는 놈들이 언제 부활했는지 파악하지 못했다.

만약 그들이 그림자 속에서 준비한 세월이 예상보다 훨씬 길다면 지금 보여준 전력은 고작 이면에 불과할 것이다.

"그럼 저희도 병력을 움직여서……."

"아니, 그럴 것 없다."

단호한 천마의 제지에 매선화는 혹시나 하는 마음이 들었다.

동검귀도 자리에 없는 와중에 천마마저 마교를 비우면 위태로운 상황이 될 수 있었다.

"설마… 조사님……."

"내가 간다."

그러나 그 예상이 맞았다.

천마는 다른 사람에게 일을 맡기는 유형의 인물이 아니었다.

수뇌부가 전부 병상에 누워 있는 시점에서 천라지망을 뚫을 수 있는 무위를 지닌 자는 오직 천마뿐이었다.

말려볼까도 생각했지만 만류한다고 들을 위인이 아니기에 매선화는 빠른 포기를 선택했다.

삼 일 후, 강서 북부에 자리한 산골짜기.

수풀이 풍성해 사람이 들어가기 힘들고 인적이 드문 곳으로 이동하는 이들이 있었다.

그들은 바로 동검귀 성진경과 약선 백오, 그리고 안휘성 현화단 지부장인 유주였다.

불과 며칠 사이에 그들은 몰골이 말이 아니었다.

말을 타고 빠르게 이동해 오던 그들은 천라지망에 갇히고 적의 습격을 받아 말을 잃은 후부터는 어느 마을에서도 말을 구할 수가 없었다.

결국 경공을 써서 남하해야 했지만 연로한 약선에겐 쉬운 일이 아니었다.

경공으로 쓰이는 내공이 고작 한 시진이면 바닥나는 통에 주기적으로 이동 속도가 늦어질 수밖에 없었다.

"헉헉!"

거친 산등성이를 타고 내려가는 내내 약선의 호흡이 거칠었다.

적에게 들킬 수도 있기 때문에 최대한 조용히 해달라고 했지만 이것도 쉽지 않았다.

'일을 너무 만만하게 여겼구나.'

누군가를 호위하는 것이 이렇게 어렵다는 것을 새삼 깨닫게 되는 진경이었다.

아내를 데리고 강화도를 탈출할 때 군대의 추적을 피했다.

군대의 특성상 군복을 입고 있었고 다수가 함께 이동해 구분도 쉬웠기에 수월하게 추적단을 따돌릴 수 있었다.

그러나 무림인들이 펼치는 천라지망이라는 것이 이 정도로 성가시고 무서울 줄은 몰랐다.

'언제 어디서 습격을 할지 알 수가 없다.'

만약 처음 복면인들의 습격처럼 복장이 수상했다면 그나마 나았을 것이다.

하지만 천라지망의 무서운 점은 누구도 쉽게 믿을 수 없게 만들어 버린다는 점이었다.

느닷없이 민간인들이라 여긴 자들이 공격하질 않나, 객잔 점소이가 음식에 독을 타질 않나, 평범한 약초꾼이라 여긴 자가 암기를 날리는 등, 그들을 정신없게 흔들어놓았다.

이렇게 시도 때도 없이 압박을 해오니 체력 소모도 그렇지만 정신적으로도 피폐해질 수밖에 없었다.

"하아, 하아, 약선 어르신, 조금만 더 힘을 내세요."

"헉헉, 알겠네."

그나마 다행인 것은 이렇게 힘든 상황 속에서도 현화지부장인 유주가 약선을 잘 보살피며 다독이고 있다는 것이다.

그녀는 어여쁜 외모 이상으로 약선보다 훨씬 쓸모가 많았다.

다만 무위가 그리 높지 않아 적들의 습격이 있을 때는 큰 도움이 되지 못했다.

진경이 지쳐 있는 그들을 바라보며 한숨을 내쉬었다.

'지금까지는 그럭저럭 버텼지만……'

더 강한 적이 나타난다면 이들을 지켜내는 것이 벅찰 수도 있었다.

어젯밤만 하더라도 초절정의 고수 세 명이 합격으로 자신을 막아내는 사이 약선을 탈취하려 들었다.

무위에서 압도적이지 않았더라면 이미 약선을 탈취당해도 이상하지 않을 정도였다.

고민이 깊어진 진경이 유주를 불러 물었다.

"유 소저."

"네?"

"마교에는……."

"성 대협!"

무림에서 모두가 마교라고 부르는데 마교인들은 유독 천마신교, 혹은 신교라고 불렀다.

여러 차례 마교라고 말했다가 타박을 받은 그였다.

"그래그래, 신교에 다른 도움을 요청할 방도가 없겠소?"

"그렇지 않아도 저도 대협과 같은 생각을 했답니다."

수차례 목숨이 경각에 달할 만큼 위기에 처하다 보니 그녀역시도 심적으로 지쳐 있었다.

처음에는 오황인 동검귀 성진경만을 믿고 버텨보려 했지만워낙 잦은 습격에 피로를 회복할 틈이 없었다.

교로 돌아가는 여정이 시작된 후로 쪽잠조차 자지 못한 그들이다.

"안휘나 호북 같은 경우는 무림맹의 영향권이라 현화단 지부들이 있지만 강서에는 본 교의 지부가 꽤 있어요. 아무래도지부 쪽에 도움을 청해야 할 것 같습니다."

"헉헉, 듣던 중에 반가운 소리일세."

지친 기색이 역력한 약선이 반색을 표했다.

지칠 대로 지친 약선은 당장에라도 드러누워서 숙면을 취하고 싶었다.

다 늙어서 이런 생고생을 하는 자신이 한탄스러울 지경이었다.

"그럼 서두르도록 합시다."

진경이 앞장서서 그들을 북돋우며 길을 서둘렀다.

산골짜기를 통해서 이동하면 산세가 험하더라도 적을 마주칠 확률이 낮지만 마교의 강서 북부 지부로 가기 위해서는 평지로 나와야만 했다.

"산골짜기 구경은 끝났나? 크크크큭."

"아⋯⋯!"

순간 진경을 비롯한 약선과 유주의 얼굴이 굳었다.

산을 내려와 평지로 모습을 드러내자 그들을 반긴 것은 수십 명에 이르는 짐승 가죽으로 만든 복장을 한 자들이었다.

"산적?"

도끼부터 시작해 온갖 흉측한 무기를 들고 위협적으로 서 있는 그들은 겉만 보면 영락없이 산적이었지만, 적대감을 드러내는 것을 보면 분명 천라지망에 속한 자들이었다.

"그대들은 누구인가?"

진경이 산적 두목으로 보이는 자를 손가락으로 가리키며 물었다.

매복을 한 것이 분명 혈교와 관련된 자들일 것 같았지만 혹시나 하는 마음에 물었다.

"흥! 곧 죽을 놈들이 우리의 정체를 알아서 무얼 한단 말이냐!"

"와아아아아아!"

산적 두목이 걸걸한 목소리로 외치며 손을 들자, 산적들이 함성을 지르며 그들을 향해 달려들었다.

그 모습만 보면 정말 산적 같았다.

'그들이 아닌가?'

만약 정말 산적 떼라면 굳이 죽일 이유까지는 없었다. 하지만 당당하게 선두에서 달려오는 자의 외침에 고개를 절레절레 흔들었다.

"약선을 내놓아랏!"

"후우, 역시인가."

적이라고 판단되자 진경은 망설이지 않고 공격을 가했다.

그의 갈라진 목갑에서 튀어나온 보검들이 허공으로 솟구치자 자신만만하게 달려들던 산적들이 일순 멈칫했다.

"헉?"

"이, 이게 무슨 사술이야?"

그들은 처음 보는 이기어검에 겁이라도 먹은 듯 우왕좌왕했다.

지금까지 그들을 습격해 온 자들은 진경의 압도적인 무위에도 겁을 먹지 않고 불나방처럼 달려들었다.

'뭐지?'

이상했다.

분명 약선의 존재를 아는 것을 보아선 혈교인이 틀림없는데 자꾸 의구심이 들었다.

그때 산적 두목이 두려워하는 그들에게 고함을 지르며 채근했다.

"사, 사술에 놀아나지 마라! 공격!"

"젠장! 에라, 모르겠다!"

눈을 부라리는 두목의 성화에 못 이긴 산적들이 결국 진경을 향해 달려들었다.

그러나 그들은 고수라고 보기에는 형편없는 실력을 가진 자들이었다.

채채채채챙!

진경이 손가락을 휘젓자 보검들이 허공을 수놓으며 달려드는 산적들의 몸을 꼬챙이처럼 꿰뚫었다.

"크아아악!"

"이, 이게 뭐얏?"

무공을 쓸 줄 아는 자들이 없는지 파죽지세로 허공에서 공세를 펼치는 이기어검을 누구도 막아내질 못했다.

그야말로 수만 많은 오합지졸에 불과했다.

'설마 정말 산적 떼인 건가?'

이상함을 느낀 것은 진경만이 아니었다.

진경의 뒤편에 숨어서 상황을 지켜보던 유주와 약선 역시도 이들이 무림인이라기보다는 정말 평범한 산적들로 보였다.

"유 소저, 아무래도 저들은 그냥 산적들인 것 같네."

"제 눈에도 그렇게 보이네요."

물론 적의를 가지고 상대가 공격해 오면 방어하는 것이 당연하지만, 무림인이 아닌 민간인을 상대로 무공을 펼치는 것은 일방적인 학살이나 마찬가지였다.

'무의미하군.'

열 명 남짓 쓰러뜨린 시점에서 진경은 검을 회수해야겠다고 생각했다.

무인으로서 무력이 없는 적을 없애는 것만큼 허탈하고 무의미한 일은 없었다.

휘릭! 촤촤촤촤!

진경이 손가락을 휘젓자 허공에 떠오른 보검이 전부 목갑 안으로 돌아왔다.

현경의 고수인 진경은 산적 떼를 상대로 맨손으로도 제압할 능력이 충분했다.

"덤벼라!"

"매, 맨손이다! 어서 죽여!"

진경이 달려드는 산적 떼에게 검지로 초식을 펼쳤다.

그것만으로도 검초에서 예리한 검기가 일어나 산적들이 검상을 입고 하나둘씩 쓰러져 갔다.

'그저 숫자 동원에 이용된 자들인가?'

그렇게 생각한 찰나였다.

파파파팍!

약선과 유주가 있던 땅바닥이 들썩이더니 흙더미를 뚫고 땅속에서 검은 복면인들이 나타났다.

"앗!"

"어르신, 물러나욧!"

갑작스러운 그들의 등장에 놀란 약선과 유주가 재빨리 피해보려 했으나 이미 사정권 안에 있었다.

복면인들이 순식간에 그들의 혈도를 제압했다.

갑작스러운 복면인들의 등장에 당황한 진경이 다시 공력을 운기해 목갑 내에 있는 보검을 출수시키려 했으나 갑작스럽게 그의 복부를 파고드는 일장에 가격당하고 말았다.

퍽!

"크헉!"

불시에 당한 일격이었기에 미처 방어하지 못한 진경은 내상을 입고 말았다.

고통스러웠지만 진경이 그것을 참아내고 자신의 복부를 노린 적을 향해 검초로 반격을 가했으나 그자는 신묘한 보법으로 쉽게 공격을 피해냈다.

"아니?"

진경은 자신에게 일격을 가한 자의 얼굴을 보며 당혹감을 감추지 못했다.

턱수염을 길게 늘어뜨린 중년인은 자신을 공격해 오던 산적 중의 한 명이었던 것이다.

'아뿔싸, 함정이구나.'

그제야 진경은 이들의 함정에 걸렸다는 것을 눈치챘다.

혈교의 천라지망.

그것은 다수로 소수의 적을 추적하고 궁지로 몰아넣는 매우 단순해 보이는 전략처럼 보이나, 실상은 광장히 고도의 전략으로 상대를 압박했다.

이미 혈교에서는 몇 차례의 습격으로 약선의 호위로 동검귀가 있다는 사실을 파악했다.

아무리 혈교라고 해도 현 중원무림에서 가장 강하다고 불리는 다섯 무인을 가볍게 여길 리 없었다.

"쿨럭!"

진경의 입에서 선혈이 흘러나왔다.

짧은 틈에 호신강기를 펼쳤으나 기습적인 일장에 담긴 혈마기가 오장육부로 침투해 내상을 일으켰다.

'방심했구나. 설마 산적들 틈에 숨어 있을 줄이야.'

평소처럼 만전을 기한 상태였다면 동검귀 성진경이 이런 기습에 당했을 리가 없다.

아니, 오히려 산적들 틈에 있는 고수를 감지해 냈을 것이다.

턱수염 중년인의 눈빛에선 붉은 안광이 선명하게 반짝이고 있었다.

"흐흐흐, 현 무림의 오황이라고 하더니 제법 손맛이 좋구나."

간사해 보이는 얼굴과 다르게 말투는 굉장히 호전적이었다.

방금 전 일장에 담긴 심후한 내력을 보아선 적어도 화경에 이르는 고수였다.

'간교하구나. 이런 무위를 지닌 자가……'

며칠 동안이나 혈교에서는 천라지망을 통해 습격을 해왔다.

그러나 처음 본 복면인들을 제외하고는 무위가 낮은 적들이었기 때문에 진경이 그들을 처리하는 데 어려움은 없었다.

"흐흐흐, 그동안 잔챙이들만 상대하느라 지루했겠구나, 동검귀여."

턱수염 중년인의 말을 들어보면 이것은 계획적인 전략인 듯했다.

"그대들이 하는 짓은 정말 비겁 그 자체구려."

"비겁? 자네와 같은 절대강자를 상대로 전략을 짜는 것은 당연한 이치가 아닌가."

천라지망을 통해서 그들은 끊임없이 진경과 약선 등을 압박했다.

아무리 현경의 고수라고 하나 일주일에 가까운 시간 동안 수면도 취하지 않고 쉬질 못했으니 지치는 것은 당연했다.

그런 와중에 무공을 익히지 않은 산적들 틈에 숨어 방심한 틈을 노렸으니 간교하기 짝이 없는 계책이었다.

"오, 오춘이 무림인이었다니……."

웅성웅성!

주위의 산적들을 보아하니 이자가 무공 고수였음을 몰랐던 것 같다.

이에 기세가 등등해진 산적들이 마치 뭐라도 되는 양 내상을 입은 진경에게 소리쳤다.

"캬캬캬캬, 우리에게도 무림 고수가 있다, 이놈아!"

"푸하하하핫! 네놈의 목을 내밀어라!"

그런 산적들을 냉소적인 눈빛으로 바라보던 턱수염의 중년인이 아무렇지도 않게 그들을 향해 일도를 그었다.

촤아아아악!

도가 지나간 자리에서 붉은 도기가 선을 만들며 산적들을 스치고 지나갔다.

순식간에 그의 주위에 있던 산적들의 몸이 반으로 갈라지며 사방에 피가 난무했다.

"끄아아아악!"

잔인한 일수에 살아남은 산적들이 비명을 지르며 호들갑을 떨었다.

자신들의 두목을 찾았으나 이미 도망친 지 오래였다. 결국 남아 있던 모든 산적은 동료들의 시신을 버리고 꽁지가 빠져라 달아나 버렸다.

"흥, 제 놈들과 조금 어울려 줬다고 주제 파악도 못하다니."

더러운 오물 취급하듯 잘려 나간 산적들의 시신을 밟으며 턱수염의 중년인이 걸어왔다.

그 뒤로 은신하고 있던 다른 복면인들이 모습을 드러냈다.

붉은 혁대를 매고 있는 복면인들은 하나같이 절정 이상의 고수들이었다.

"흐흐흐, 그럼 이제 마무리를 지어볼까?"

턱수염 중년인의 말이 끝나기가 무섭게 복면인들이 동시에 튀어나와 진경을 향해 합공을 가했다.

절묘한 그들의 합격술에 진경은 침착하게 뒤로 물러났다.

오장육부로 스며든 혈마기로 인해 원활한 내력의 운기가 힘들었다.

"하압!"

복면인들의 검이 수많은 검영을 만들어내며 진경의 요혈을 노리고 찔러 들어왔다.

'어지간히도 우습게 보였군.'

아무리 내상을 입었다고 하지만 그들 간에는 압도적인 무위의 차가 존재했다.

진경은 합격술을 펼치는 검초를 가볍게 피하며 가장 중심이 되는 초식을 펼치는 복면인의 미간에 검기를 날렸다.

"헛!"

놀란 복면인이 고개를 뒤로 젖혀 검기를 피했다.

하지만 그 탓에 그들의 합격술에 빈틈이 생겨났고, 진경이 그 틈을 파고들어 단숨에 검초를 파훼했다.

채채채챙!

진경의 검지는 날카로운 보검과도 같았다.

그의 검지에서 뿜어져 나오는 검기가 복면인들의 요혈을 파고들었다.

요혈이 찔린 복면인 두 명이 그 자리에서 숨을 거뒀다.

"흐흐흐, 혈마기에 내상을 입고도 이 정도라니 과연 대단하군."

턱수염 중년인은 동료의 죽음은 아랑곳하지 않고 오히려 즐겁다는 반응을 보였다.

그런 그보다도 진경의 모든 신경은 약선이 있는 곳으로 분산되어 있었다.

약선과 유주의 혈도를 제압한 복면인들이 그들을 어깨에

들쳐 메고 도망치려 하고 있었다.

"칫!"

진경이 공력을 보내 목갑 안에 있는 보검을 출수시키려 했
다.

바로 그때였다.

"어딜 한눈파시나?"

턱수염 중년인의 목소리가 진경의 귀를 파고들었다.

진경이 재빨리 고개를 숙이자 그의 머리 위로 중년인의 도
가 스쳐 지나갔다.

'호오, 그 와중에 피해?'

정신적으로나 육체적으로 피폐한 상태에서 내상마저 입은
진경이 자신의 도를 가뿐히 피해내자 중년인은 내심 감탄하
지 않을 수 없었다.

"하지만 언제까지 버틸 수 있을까? 흐흐흐!"

턱수염 중년인의 도에서 붉은 도강이 솟구치며 그것을 강렬
한 기세로 내려쳤다.

붉은 도강이 만들어낸 패도적인 도초가 진경을 내리찍었지
만 그 짧은 찰나에 진경의 손으로 보검 한 자루가 빨려 들어
하얀빛의 검강을 만들어냈다.

까가가가가강!

도강과 검강이 부딪치자 찢어질 듯한 파공음이 사방으로

퍼져 나갔다.

하지만 막아내긴 했으나 위에서부터 내려친 도강의 위력은 천근과도 같았다.

쿠쿠쿵!

진경이 발이 바닥으로 움푹 파여 들어갔다.

기세가 오른 중년인이 이를 놓치지 않고 더욱 공력을 끌어올려 도강의 위력을 높였다.

도강의 위력이 오르자 위치적으로 불리함을 느낀 진경이 왼손에 공력을 모았다.

휘릭!

진경이 왼손의 검지를 움직이자 멀리서 허공을 가로지르는 소리가 들려왔다.

턱수염 중년인은 날카로운 예기에 본능적으로 도강을 거둬들이고 보법을 펼쳐서 소리의 진원지를 피해냈다.

슉!

날카로운 예기를 뿜으며 날아온 것은 다름 아닌 목갑 안의 보검 중 하나였다.

턱수염 중년인은 날아오는 보검을 피했지만 그것은 다시 방향을 틀어 그에게로 날아왔다.

"홍!"

채채채채챙!

턱수염 중년인이 도를 휘두르며 보검을 막아냈다.

그사이에 진경이 오른손에 들고 있던 보검을 놓고 검지를 휘젓자 목갑 내에 있던 나머지 열 자루의 보검이 일제히 튀어나와 약선과 유주를 들쳐 멘 복면인들에게로 쇄도했다.

"허억!"

그들을 데리고 도망치려 하던 복면인들이 놀란 나머지 들쳐 메고 있던 약선과 유주를 내팽개치고 이기어검을 피했다.

열 자루의 이기어검이 만들어낸 절초가 순식간에 복면인들을 압박했다.

'이자가 정녕 내상을 입은 것이 맞나?'

복면인들은 겨우겨우 보검을 막아내며 진경의 괴물 같은 무위에 혀를 내둘렀다.

'붙잡아두고 있을 때 약선을 데려갔어야지, 멍청한 놈들아!'

다른 한 자루의 보검을 막아내던 턱수염 중년인이 그들을 향해 짜증스러운 목소리로 소리를 질렀다.

"멍청한 놈들! 목적을 잊은 게냐?"

챙!

턱수염 중년인은 이기어검을 도초로 만든 도망(刀網)으로 일시적으로 가둔 뒤 진경이 펼친 열 자루의 이기어검을 향해 도강을 날렸다.

붉은 도강이 굵은 선을 만들며 복면인들을 압박하던 열 자루의 보검을 쳐냈다.

"이때다!"

그 틈을 놓치지 않고 복면인들이 바닥에 내팽개친 약선 등을 다시 들쳐 메고 그대로 경공을 펼쳤다.

"그걸 내버려 둘 성싶은가!"

진경이 공력을 끌어내 그들에게 이기어검을 펼치려 했다.

"흐흐흐, 네놈 목숨이나 신경 쓰지, 동검귀 양반."

그 순간 턱수염 중년인의 붉은 도강이 허공을 가르며 그의 목을 노리고 들어왔다.

깡!

진경이 서둘러 보검을 들어 도강을 막아냈다.

"쿨럭!"

하나 내상을 입은 상태에서 연이어 무리해 공력을 끌어낸 진경의 입에서 피가 흘러내렸다.

'역시 참고 있었군.'

화경의 극에 이른 자신의 혈마기가 오장육부로 침투했다. 아무리 현경의 고수라고 한들 제대로 운기조식을 하지 않으면 그것을 몰아낼 수 있을 리가 만무했다.

'큰일이다. 약선은커녕 이러다간……'

진경이 현경의 경지에 올랐기에 대자연의 기운으로 내공을 순환시킬 수 있다고 해도 운기가 원활하지 않으면 무공을 펼치는 데 무리일 수밖에 없었다.

"흐흐흐, 이대로 끝을 내주마!"

부상을 입은 진경의 모습에서 승기를 확신했는지 턱수염 중년인은 신이 나서 도초를 펼쳤다.

이때가 아니면 언제 현경의 고수를 없앨 수 있겠는가.

채채채채챙!

"다 죽어가는 놈이 잘도 막는구나!"

비록 내상이 심하다고 해도 그 검술 실력이 어디로 가는 것은 아니었다.

동쪽 최강의 검법이라 불리는 곡산검공의 현묘함에 놀라는 것도 어느 정도까지였다.

'빌어먹을! 초식 대결로는 뚫을 수가 없단 말인가?'

부상자를 상대로 벌써 십 초식 이상이나 막히자 화가 난 턱수염 중년인은 내공으로 밀어붙이려 했다.

중년인이 최대 공력으로 끌어 올리자 붉은 도강이 거목만큼 거대해졌다.

"흐흐흐, 네놈이 이것도 막을 수 있나 보자꾸나!"

'이걸 막을 수 있을까?'

진경의 안색이 어두워졌다.

내공을 끌어 올리는 걸 최대한 자제하며 이화접목의 수로 공력의 여파를 발끝으로 흘려보내는 식으로 상대했다.

그런데 이 정도 도강이라면 공력을 흘릴 수가 없다.

'이렇게 끝이란 말인가?'

중년인의 거대한 도강이 천지를 가를 기세로 진경에게 쇄도했다.

바로 그 순간이었다.

"헛?"

쾅!

턱수염 중년인이 갑작스럽게 날아오는 집채만 한 거대한 강기에 놀라 변초를 써서 그것을 막아냈다.

부들부들!

최대 공력으로 끌어낸 도강이었건만 어찌나 거대했는지 강기를 베지 못했다.

오히려 도병을 쥐고 있는 손이 떨릴 정도로 그 위력이 엄청났다.

"대, 대체 누구냐?"

턱수염 중년인이 긴장한 눈빛으로 강기가 날아온 곳을 바라보았다.

강기가 날아온 진원지는 복면인들이 약선 등을 들쳐 메고 도망친 방향이었다.

그곳엔 흑색 장포를 휘날리며 걸어오는 젊은 사내가 보였다.

"아!"

젊은 사내의 얼굴을 확인한 진경의 얼굴이 밝아졌다. 적으로 상대할 때는 그렇게 괴물 같던 자가 아군일 때는 이렇게 반가울 수가 없었다.

"쥐새끼들을 돌려주마."

"뭣?"

틱! 데굴데굴!

그때 흑색 장포의 사내가 이죽거리며 턱수염 중년인의 발밑으로 뭔가를 던졌다.

순간 암기인가 싶어서 이를 피하려 하던 중년인은 그것의 정체를 확인하곤 급격히 얼굴이 일그러졌다.

그것들은 조금 전에 약선 등을 납치한 복면인들의 잘린 머리였다.

'이들이 당하다니?'

그렇다면 약선을 다시 탈취당했다는 말이 아닌가.

약선을 얻고 대업에 방해가 되는 동검귀까지 처리할 수 있는 일석이조의 완벽한 계획이 일순간에 물거품이 되고 말았다.

"이런 빌어먹을 놈이!"

화가 머리끝까지 오른 턱수염 중년인이 분노의 일갈을 내뱉으며 흑색 장포의 사내에게 붉은 도강이 실린 패도적인 일초를 날렸다.

그러나.

챙! 촤아아악!

젊은 사내의 검집에서 검은 빛의 검이 출초되며 일순간에 거대한 도강을 베어버렸다. 턱수염 중년인의 얼굴이 경악으로 물들었다.

"마, 말도 안 돼!"

검게 물든 검에서 풍겨져 나오는 소름 끼치는 마기(魔氣).

부활한 혈교의 고수인 그가 이 끝없는 심연과도 같은 마기를 몰라볼 리가 없었다.

"처, 천마!"

마치 끝없는 어둠이 사방을 잠식하는 착각마저 들게 한다.

천마의 몸에서 풍기는 마기는 어둠 그 자체이며 공포, 그리고 두려움이 파고들어 사람의 정신을 약하게 만들었다.

천마가 천 년 전 혈교의 난에서 목을 벤 수는 헤아리기 힘들 정도였다.

그중 한 명이 바로 턱수염의 중년인이었다.

"쥐새끼들도 처리했으니 이제 네놈뿐이네?"

거칠면서도 이죽거리는 특유의 말투에 더욱 확신했다.

'틀림없어. 저, 저자는 천마다.'

그가 기억하고 있는 거친 야성미를 자랑하던 거구의 모습

과는 달랐지만, 이 소름 돋는 마기만큼은 영혼까지 각인되어
있었다.

'분명 백타산장에 있다고 들었는데 어떻게 이곳까지……'

그들은 점조직처럼 중원 전체로 분산되어 있기는 하나, 중
요한 정보는 시시각각 제공받았기에 천마에 대한 것은 숙지해
놓고 있었다.

그런데 갑자기 그가 나타나니 어찌해야 할 바를 몰랐다.

'내가 감당할 수 있는 자가 아니다.'

수많은 혈교인 중에서 천마에 대한 깊은 원한으로 분노를
불태우는 이들도 있었지만, 부활한 자들의 대다수는 여전히
그를 무서워했다.

두려움에 젖은 턱수염의 중년인은 그대로 몸을 돌려 도주
를 시도했다.

탁!

그의 몸이 고무줄처럼 튕겨 나가 천마에게서 멀어져 갔다.

아무리 자신보다 무위가 높은 고수라고 해도 화경의 극에
이른 자신의 경공을 쉽게 따라오진 못할 것이다.

"멍청한 놈이로군."

휙! 슈우우우우욱!

천마는 도주하려는 중년인을 향해 현천검을 투창처럼 던졌
다.

현천검이 강렬한 기세로 허공을 가로질러 도망치는 중년인의 뒤통수를 꿰뚫었다.

내상을 입고 지쳐 있었다고는 하지만 동검귀조차 제법 고전한 상대를 너무도 쉽게 죽인 셈이다.

"휴우, 더… 강해졌군요, 주군."

진경이 안도의 숨을 내쉬며 말했다.

그러는 한편 자신과 겨룰 때보다도 훨씬 강해진 천마의 빠른 성장이 경이로웠다.

어쩌면 현 무림에서 진정한 최강자는 오황이 아니라 천마일지도 모른다는 생각마저 들었다.

하지만 이때 진경은 몰랐다.

이 괴물 같은 무위가 여전히 천마의 전성기 때에 비하면 그에 못 미친다는 사실을 말이다.

"아직 네 녀석에게 녹옥불장을 받지 못했는데 죽게 내버려 둘 순 없지."

말은 저렇게 하지만 목숨을 구해줬으니 고마운 진경이었다.

그런 사이에 제압된 혈도가 풀린 약선과 유주가 그들에게로 다가왔다.

유주가 한쪽 무릎을 꿇고 천마에게 고개를 숙여 인사했다.

"위대한 천마신교의 미천한 교도가 천마 조사님께……."

"됐다. 귀찮은 절차는 생략토록 해라."

"아, 알겠습니다."

평소라면 굳이 자신을 떠받드는 행위를 말리지 않겠지만 지금은 천라지망에 갇힌 상황이기에 그럴 틈이 없었다.

천마가 약선을 비롯한 일행을 훑어보았다.

"흠, 몰골들이 말이 아니군."

안 봐도 그림이 그려졌다.

천라지망 자체가 몰이사냥처럼 끊임없이 상대를 몰아붙이니 근 일주일간 제대로 먹지도 쉬지도 못한 채 이곳까지 왔을 것이다.

"…송구스럽습니다."

"출발하고 싶어도 네 녀석들의 상태를 보니 그건 무리일 것 같군."

내상을 입은 진경은 운기조식을 해서 내부로 침투한 혈마기를 몰아내야 했다.

그리고 약선과 유주는 이미 지칠 대로 지쳐서 경공을 펼치기도 힘들어 보였다.

"그렇지 않아도 본 교의 지부로 가서 잠시 숨을 돌리려는 참이었습니다."

"뭐, 그게 있다면 말이지."

"녯?"

"안휘, 강서, 호남에 있는 본 교의 지부들과 현화단 지부들이 전부 습격당해 멸했다."

천라지망 안에 갇혀서 이 사실을 몰랐던 유주는 놀랄 수밖에 없었다.

그렇다면 자신이 자리를 비운 안휘성 현화단 지부의 단원들도 전부 죽었다는 말이 아닌가.

"어, 어떻게 그런 일이……."

단원들의 죽음에 그동안 고생을 참아온 유주의 감정이 복받쳤다.

눈물을 흘리는 유주를 뒤로한 채 천마가 주위를 둘러보더니 뭔가 알 수 없는 행동을 하기 시작했다.

'뭘 하는 거지?'

천마는 검지로 검기를 일으켜 바닥에 검흔을 새겨놓고 있었다.

여러 갈래로 나누어진 검기는 주변 전체로 퍼져 나가 상당히 넓은 형태의 원을 그렸다.

천마는 검흔으로 만든 거대한 원을 팔방으로 나누어 또 다른 검흔을 만들어냈다.

'설마?'

태평요술서를 읽은 적이 있는 약선은 진법에 대해서도 어느 정도 알고 있었다.

그가 잘못 본 것이 아니라면 천마는 분명 진법을 만들고 있었다.

그것도 지형을 이용하는 것이 아니라 검기를 바닥에 심어서 검혼을 통해 진을 형성해 나갔다.

우웅!

천마가 검혼으로 만들어낸 진법이 완성되자 투명한 막이 사방에 둘러졌다.

"흠, 나름 괜찮군."

나름이라는 표현을 썼지만 정말 대단한 것이었다.

천마는 그동안 본의 아니게 북해를 비롯해 무명이란 자가 만든 진법을 겪게 되었다. 그때마다 원영신을 개방해서 진법을 파악함으로써 그 원리를 이해하게 되었다.

그래서 무명만큼은 아니었지만 이런 신묘한 진법을 만들 수 있게 된 것이다.

"조, 조사님, 설마 이건… 진법입니까?"

"그래."

"역시 조사님께서는 불가능한 일이 없군요!"

처음 보는 진법의 신묘함에 놀란 유주가 호들갑을 떨었다.

약선 역시도 신기했는지 투명한 막을 손가락으로 슬쩍 건드려 보려 했다.

"나라면 그걸 만지지 않는 걸 추천하지. 손가락이 베이고 싶지 않다면 말이야."

"헉?"

천마의 경고성에 멈춰야만 했다.

일반적인 진법과 다르게 천마의 검기가 심어진 진법이었다.

억지로 들어오거나 나가려고 한다면 진법에 심어진 검기에 베이도록 해놓았다.

툭! 파스락!

바닥에 떨어져 있는 나뭇잎 조각을 날렸더니 베이는 정도 가 아니라 나뭇잎이 완전히 가루가 되어버렸다.

"…손가락이 베인다고?"

약선이 황당하다는 듯이 자신의 손가락을 매만졌다.

천마가 그들을 바라보며 말했다.

"이제 전부 운기조식을 해라. 하루 정도 여유를 주마."

운기조식 이외에도 쉴 수 있는 시간까지 포함된 것이다.

여태껏 쉬지 못한 그들에게는 희소식이었지만 염려되는 부 분이 없지 않았다.

"아무리 진법이라고 해도 이 한복판에서 말이오?"

진경이 걱정스러운 표정으로 물었다.

그도 그럴 것이 바로 뒤에 산을 등지고 있기는 하지만 눈앞 이 넓게 트인 평지라서 누구라도 그들의 존재를 알아챌 것이 분명했다.

차라리 진법을 친다면 인적이 드문 깊은 산속이 나아 보였다.

"날 못 믿는 거냐?"

"…그건 아닌데… 은공, 노부도 조금 불안하긴 하구려."

약선이 주변에 널브러진 산적과 복면인들의 시신을 가리키며 말했다.

물론 진법 내에는 없지만 사방에 시신들을 방치해 둔다면 이곳을 확인하러 온 적들이 눈치챌 확률이 높아 보였다.

"걱정 마라. 그런 일이 생긴다면 내가 처리할 테니."

물론 천마가 있다면 든든하기는 하다.

다만 시체와 피 냄새가 나는 이곳에서 운기조식을 하라니 그야말로 악취미였다.

그런 그들의 눈에 묘한 미소를 띠고 있는 천마의 얼굴이 보였다.

'…역시 고의로군.'

귀찮은 것을 싫어하는 천마가 멀리서 자신들을 구하러 온 것에 대해 일부로 골탕 먹이려는 것을 새삼 깨닫는 그들이었다.

불안한 마음이 들었지만 그래도 조사인 천마에 대한 신뢰가 강한 유주가 가장 먼저 운기조식에 들어가자 남은 두 사람도 눈을 감고 운기조식을 했다.

<u>스스스스!</u>

운기에 들어간 지 어느 정도 시간이 지나자 진경의 얼굴이

땀으로 젖어들었다.

오장육부로 스며든 혈마기를 제거하는 것이 쉽지 않았기 때문이다.

날이 저물 무렵이 되어서도 진경의 운기조식은 계속되었다.

반면 내공 수위가 얕은 약선과 유주는 진즉에 운기조식을 마치고 바닥에 드러누워 코까지 골며 잠이 들었다.

"쯧쯧."

천마는 혀를 차면서 곰방대의 담배를 연신 피워댔다.

날이 저물고 완전히 어두워졌다.

나무 그늘 하나 없는 평지를 밝히는 것은 밝게 빛나는 달빛뿐이었다.

스스스!

미세하게 들리는 기척에 곤히 잠들어 있던 유주가 잠에서 깨어났다.

진법도 쳐져 있고 천마가 있어서 편안한 마음으로 휴식을 취하고 있었지만, 근 일주일 동안 천라지망을 겪은 통에 감각이 예민해질 대로 예민해진 상태였다.

"쉿!"

"헙!"

천마가 그런 그녀에게 조용히 하라는 표시를 했다.

유주가 화들짝 놀라서 자신의 입을 틀어막고 조용히 진법

바깥을 응시했다.

얼마 있지 않아 그들이 있는 곳으로 수많은 복면인이 모습을 드러냈다.

'나타났다.'

심장이 고장 난 것처럼 쿵쿵 뛰었다.

천마가 믿으라고 호언장담을 했으나 진법 바로 앞에 복면인들이 나타나니 걱정될 수밖에 없었다.

"시신들을 전부 한곳으로 모아 태워라!"

"충!"

그들의 대주로 보이는 복면인의 명에 다른 복면인들이 일사불란하게 움직여 방치된 시신들을 한곳으로 모으기 시작했다.

신기한 것은 마치 진법이 쳐져 있는 공간을 없는 것처럼 그곳만 교묘하게 비켜 지나갔다.

'정말 안 보이는 건가?'

검기를 심어놓았다고 해서 방어를 위한 목적인 줄 알았는데 복면인들이 진법 내에 있는 자신들을 보지 못하자 유주는 신기한 나머지 눈을 깜빡였다.

복면인 중 한 명이 대주에게 다가와 말했다.

"이상합니다. 전투의 흔적들을 보면 분명 계획대로 진행된 것 같습니다."

"뭐가 계획대로 되었단 말이냐? 백팔 대주 중에 상위에 속하는 오춘이 죽었는데. 그분께서 크게 진노하실 게 뻔하다."

화경의 극에 이르는 실력자를 잃은 것은 그야말로 큰 전력 소모였다.

천라지망을 계획했을 때부터 이곳에서 약선을 회수하고 동검귀까지 처리할 계획이 짜여 있었는데 완전히 틀어지고 말았다.

"흥, 혈뇌 님도 옛날 같지가 않군."

복면인들의 대주가 혈뇌를 언급하자 천마의 눈빛이 반짝였다.

역시 그가 예상한 대로 혈뇌가 부활한 것이 틀림없었다.

한 가지 의문스러운 점은 혈뇌는 분명 혈마의 분노를 사서 내부적으로 참수당한 걸로 알고 있는데 어째서 다시 그를 부활시킨 것인지 의문스러웠다.

"대주, 다른 대원들이 있는 앞인데……."

"크흠."

복면인의 말에 그 역시도 눈치가 보였는지 괜히 헛기침을 해댔다.

그때 오춘의 시신을 수습하던 복면인이 큰 목소리로 대주를 호출했다.

"대주! 크, 큰일입니다! 이것 좀 보시죠!"

그 부름에 대주가 오춘의 시신으로 다가갔다.

뒤통수가 뚫려서 죽음을 맞이한 오춘의 시신을 살피던 대주의 입에서 탄성이 흘러나왔다.

"허어, 화경의 극에 이른 고수를 고작 일수에 죽였다고? 이게 말이 되는 소린가?"

뒤통수의 상처를 보면 분명 검에 꿰뚫린 것이 틀림없었다.

옷을 벗겨 봐도 몸에는 어떠한 상흔도 보이지 않았다.

"이럴 수가……!"

오춘은 혈교의 백팔 대주 중에서도 서열 이십 위 안에 드는 고수였다.

특별히 동검귀를 제압하기 위해 동원되었는데 그를 일수에 제압하려면 적어도 혈교에서 삼혈로 이상의 고수만이 가능했다.

복면인 대주가 시신에 손가락을 가져다 댔다.

아직도 상처 부위에 날카로운 예기가 느껴질 만큼 강한 검기를 가진 자의 소행이었다.

"설마… 에이, 아니야. 아니야."

"왜 그러십니까?"

"그자는 아직 백타산장에 있을 텐데 이곳에 나타났을 리가……."

흠칫!

복면인 대주는 하던 말을 멈출 수밖에 없었다.

누군가 다가오는 기척조차 느끼지 못했는데 어느새 그의 등 뒤로 느껴지는 숨 막힐 것 같은 거대한 역량에 호흡이 버거워질 지경이었다.

그의 앞에 있는 복면인들조차 놀란 나머지 복면에 드러난 동공이 심하게 떨렸다.

"대, 대주……."

촤악!

날카로운 예기가 발해지며 순식간에 눈앞에 있던 복면인 두 명의 목이 날아가 버렸다.

복면인 대주는 이 같은 상황에 어찌할 바를 몰랐다.

자신의 등 뒤에 서 있는 자가 누구인지는 모르나 이곳에 있는 복면인들을 가볍게 몰살시킬 만한 괴물 같은 자임이 틀림없었다.

'어떡하지? 어떡하지? 어떡해야 하지?'

수많은 생각이 스쳐 지나가는 찰나에 그의 귓가로 나지막한 목소리가 들려왔다.

"어이, 아까 혈뇌에 대해서 말했는데, 그 얘기를 좀 들을 수 있을까?"

등 뒤에서 느껴지는 압도적인 역량의 고수.

그 고수의 목소리에서 느껴지는 기운은 전율적이다 못해 전의를 상실케 만들었다.

대주가 떨리는 눈으로 조심스럽게 고개를 돌렸다.

'아…….'

훤칠하면서도 젊은 외모의 청년이었다.

그러나 젊은 외모와는 다르게 마치 일대 종사를 바라보는 것 같이 위압적인 기세가 뿜어져 나오고 있었다.

붉은 안광의 대주는 천 년 전에 느낀 두려움이 되살아났다.

그는 본능적으로 이자가 누구인지 깨달았다.

"천… 마!!"

"네놈들은 유독 내 이름을 강조하는군."

"역시 천……."

파파파팍!

"크헉!"

그의 말이 미처 끝나기도 전에 천마의 검지가 그의 전신 혈도를 눌렀다.

마기가 실린 천마의 검기가 그의 혈도를 타고 들어와 온몸을 잠식했다.

대주의 무공이 약한 것은 아니었지만 천마와의 역량 차이가 너무 컸기에 내부로 파고들어 오는 마기에 대응할 수가 없었다.

'이럴 수가? 혈마기가 흩어지다니!'

이해할 수 없는 현상이었다.

잠식해 온 마기에 혈마기가 흩어지자 대주는 당혹감을 감추지 못했다.

이곳을 수습하러 온 인원이 많지는 않았지만 이 상황을 지켜볼 터인데 왜 아무런 도움이 없는지 이상했다.

"멍청하긴. 그렇게 둘러봐야 소용없다."

천마의 이죽거리는 목소리에 주위를 둘러보니 시신을 수습하던 복면인들이 심장이 꿰뚫린 채 차가운 주검이 되어 있었다.

그 짧은 새에 그가 눈치채지 못하게 조용히 죽인 것이다.

"크으! 이, 이런다고 뭔가를 알아낼 수 있을 것 같으냐?"

"어차피 금제를 당해서 말하려고 해도 금방 죽겠지."

이미 몇 차례 그들에게 금제가 걸려 있거나 완강한 거부로 정보를 얻는 데 실패한 천마였다.

의심이 많고 철두철미한 혈마는 모든 혈교인에게 금제를 걸었다.

그것은 또 다른 대법이나 술법, 혹은 선기와 같은 기운이 간섭할 경우 숙주의 몸이 파괴되도록 해놓은 지독한 금제였다.

"고개만 끄덕여라. 내 질문에 몇 개만 답한다면 목숨을 살려주도록 하지."

"뭣? 사, 살려준다고?"

뜻밖의 제안에 대주의 눈빛이 흔들렸다.

사실 부활한 혈교인의 대다수는 그 충성심이 강해서 심문에 끝까지 버티거나 자결을 해서 정보 누설을 막았다.

하지만 천마가 이 같은 제안을 한 것은 이 복면인 대주의 충성심이 다른 이들에 비해 강하지 않다는 것을 확인했기 때문이다.

한참을 고민하던 복면인 대주가 조심스럽게 고개를 끄덕였다.

'역시 그렇군.'

드디어 혈교에 대한 단서를 얻을 기회를 얻었다는 생각에 기뻤지만 내색하진 않았다.

"만약 내 질문에 거짓으로 답하거나 망설인다면 몸에 주입된 검기가 오장육부를 파고들어 죽음을 맞이할 것이다."

오금이 떨리는 천마의 경고에 복면인 대주는 몸을 부르르 떨면서 고개를 끄덕였다.

천마가 머릿속에 생각해 둔 질문들을 내뱉었다.

"혈뇌도 부활했나?"

복면인 대주가 조심스럽게 고개를 끄덕였다.

어차피 천마의 태도를 보니 그 정도는 짐작하고 있는 것 같았다.

"혈뇌는 분명 혈마의 손에 직접 참수당한 걸로 알고 있는데 부활시켰다는 건 관계가 호전되었음을 말하나?"

복면인 대주가 잠시 망설이더니 고개를 저었다.

그 태도에서 뭔가를 알았는지 천마는 이어서 질문했다.

"혈뇌를 최근에 부활시켰나?"

복면인 대주의 두 눈이 휘둥그레졌다.

솔직히 고개를 끄덕이는 것만으로 정보를 전달하는 데는 한계가 있다고 여겼다.

그런데 천마는 질문 몇 개만으로 그가 상상하는 것 이상으로 많은 것을 유추해 냈다.

'아아, 두렵다. 한 사람이 어떻게 무위에서부터 지략까지 전부 갖출 수 있단 말인가.'

지략이나 암수가 뛰어난 혈마조차도 마교를 상대할 때만큼은 혈뇌의 의견을 전적으로 수용할 만큼 천마는 타고난 지략가였다.

유일하게 천마와 지략전이 가능한 혈뇌를 어이없게 죽였으니 천 년 전에 그들의 대업이 실패한 것은 어찌 보면 당연한 일일지도 몰랐다.

'내 부활을 눈치채고 혈뇌 그놈을 부활시켰군. 자존심을 접

고 나를 제거하는 데 전력을 다하겠다는 말인가.'

고개를 끄덕이지 않았지만 녀석의 반응을 보니 맞는다는 것을 확신한 천마는 다음 질문을 던졌다.

"신강에… 혈마가 있나?"

지금까지보다 단도직입적인 질문에 복면인 대주의 얼굴이 딱딱하게 굳었다.

살기 위해서 지금까지 답변을 했지만 이 질문은 정말 위험했다.

중원 전체에 혈교의 영향력이 뻗어나가지 않은 곳이 없기에 까딱하다가는 배신자로 낙인찍혀 죽임을 당할 수 있었다.

'그분이 있는 곳은 삼혈로와 백팔 대주 중에서도 팔신장밖에 모르는데……'

점조직으로 이루어진 그들은 정보를 공유했지만 혈마의 거취에 대해서는 아는 바가 없었다.

정보를 알지 못하니 복면인 대주는 당황스러울 수밖에 없었다.

'어떡해야 하지? 제기랄!'

다만 신강에 그분이 있는지는 확신할 수 없으나 주요 거점 중의 하나임을 알기에 이 사실을 말하기가 곤욕스러웠다.

'몰라서 그러는 것일까, 아니면 알고 있기에 당황해하는 것일까?'

원영신을 개방해서 진실을 확인해 보고 싶었지만 복면인 대주의 몸에 심어진 금제가 발동될까 봐 망설여졌다.

"쿨럭쿨럭!"

복면인이 갑자기 기침을 하자 복면이 검붉게 물들었다.

내적 갈등이 심해지면서 혈맥에 심어둔 검기가 오장육부를 자극했기 때문이다.

반드시 들어야 할 정보였기에 그를 죽게 내버려 둘 순 없었다.

"후우."

촤촤촤악!

천마가 검지를 움직이자 그의 혈도를 통해 전신에 파고들었던 검기가 뽑혀져 나왔다.

검기가 뽑히면서 한결 몸이 편해진 복면인이 고통스러운지 바닥에 손을 짚었다.

"…모르는 것이냐?"

천마의 질문에 복면인은 아무런 답변도 하지 않았다.

오히려 바닥을 짚은 손이 떨리기 시작하더니 전신으로 경련이 이어졌다.

"끄르르르르!"

고개를 끄덕이게 하는 행위로 금제를 속여 보려 했으나 그것이 실패한 듯했다.

핏줄이 선 모양을 보아하니 금제로 인해 전신이 터져 나갈 게 틀림없었다.

결국 천마는 검기를 일으켜 그의 목을 베었다.

촤악!

복면인의 목이 바닥에 뒹굴면서 떨리던 전신의 경련이 수그러들더니 이내 잠잠해졌다.

"정말 살려주려고 했는데, 쯧쯧."

천마는 안타까운 눈빛으로 혀를 차며 복면인의 잘린 머리를 쳐다보다 자리를 옮겼다.

마지막 질문까지 얻어냈다면 좋았겠지만 성과가 없는 것은 아니었다.

'녀석이 끝까지 망설이다 금제가 발동했다는 건 신강에 뭔가가 있다는 말이겠지.'

서서히 잡혀오는 실마리에 천마는 다시 혈마와의 만남을 고대했다.

그의 목을 다시 베는 그 순간을 말이다.

＊　　　＊　　　＊

무림맹이 사파 연맹과의 전쟁을 선포하면서 무림은 한껏 긴장된 상황이었다.

마교와 사파 연맹이 탈퇴했다고는 하나 여전히 구파일방과 백에 이르는 정도 문파, 방파들의 연합체인 그들은 그 결속력이나 힘이 강했다.

검문 산하의 최강 부대라 불리는 금용대와 유심원의 죽음으로 인해 촉발된 전쟁은 양측 세력 중 하나가 전멸되어야 끝이 날 분위기였다.

이때 이 전쟁을 주도하는 검문 내에서 공교롭게도 사건이 터지고 말았다.

사파 연맹을 토벌하는 역할에 있어서 제갈세가의 제갈태와 더불어 양대 토벌대의 군사를 맡기로 한 석금명이 출전을 앞둔 일주일 전에 행방불명이 된 것이다.

검황의 가짜 중독 사건 이후로 신뢰를 잃은 석금명은 한동안 무림 대회의에서 배제되었다.

그렇게 자신의 거처에서 자숙하듯이 지내던 석금명은 통보를 받듯이 이번 전쟁에 군사로 동원되었다.

사실 이번 전쟁에는 검문과 검문 산하의 힘은 완전히 배제하려고 했다.

하지만 공식적으로 검문이 전쟁을 주도하는 입장이었기에 적어도 누군가는 출전해야만 했다.

여기서 검황이 문득 꾀를 낸 것이 바로 석금명의 출전이었다.

검황이 의심하는 상황처럼 석금명이 만약 세작이거나 야망가가 아니라면 허튼수작 없이 무사히 정벌을 마칠 것이다.

하지만 사파 연맹에 숨어 있는 배후의 적과 석금명이 조금이라도 연관성이 있다면 분명 전쟁을 불리하게 이끌기 위해 갖은 노력을 할 테니 이를 빌미로 반역자를 처단하는 명분이 생기게 된다.

검황은 은밀히 퇴왕 염사곤에게 자신의 뜻을 전달하고 그를 석금명의 호위 명목 하에 부관으로 붙여 감시하게 했다.

그런데 설마 토벌전이 일어나기도 전에 석금명이 사라질 거라고는 상상도 하지 못했다.

무림맹의 북문 근처에 있는 석금명의 거처.

"샅샅이 뒤져라! 무엇 하나라도 놓치면 안 된다!"

수많은 검문의 무사들이 그의 거처를 수색하고 있었다.

아랫사람을 보내도 되었지만 검문에 있어서 수치와 같은 일이었기에 석금명의 거처로 직접 행차한 검황이었다.

검문의 무사들이 수색을 하는 내내 검황의 심기는 불편했다.

"맹주님, 이곳을 보시지요!"

석금명의 서재를 수색하던 무사가 달려와 검황을 불렀다.

따라가 보니 놀랍게도 서재 뒤편으로 숨겨진 암실이 모습을 드러냈다.

"어떻게 찾은 것이냐?"

"서재로 들어와 보니 이미 문이 열려 있었습니다."

"열려 있었다고?"

검황이 의아한 눈빛으로 주위를 둘러보았다.

깔끔하고 일 처리가 꼼꼼한 석금명의 서재치고는 주위가 난장판이 되어 있었다.

심지어 바닥에 핏자국이 선명하게 남아 있었다.

'설마 녀석이 납치를 당한 건가?'

그렇다고 보기에는 석금명의 거처에 비밀 통로가 있다는 것 자체가 이상했다.

검황이 손을 들자 중후한 공력이 일어나며 바닥에 흩어져 있던 책들이 한편으로 밀려났다.

책들에 뒤덮여 보이지 않던 서재 바닥에는 싸움을 한 흔적이 남아 있었다.

움푹 파여 있는 서재 바닥부터 날카로운 예기가 담긴 검흔들을 보며 검황이 중얼거렸다.

"유성검법?"

틀림없는 검문의 유성검법 흔적이었다.

아무래도 누군가 이 방에 침입했고, 석금명이 유성검법의 검초를 펼쳐서 상대에게 부상을 입힌 것 같았다.

"횃불을 가져와라!"

"넵!"

검황의 명에 무사들이 재빨리 바깥으로 나가 벽에 붙어 있던 꺼진 횃불에 불을 붙여서 들고 왔다.

검황은 숨겨진 암실 통로를 따라 들어갔다.

생각보다 잘 축조된 지하 통로의 모습에 검황의 표정이 어두워져 갔다.

'대체 이놈이 여기서 무얼 했단 말인가?'

설마 무림맹 내에 자신이 모르는 비밀 통로가 있으리라고는 꿈에도 생각지 못한 검황이다.

여태까지 이 같은 사실을 눈치채지 못한 것이 자신의 불찰처럼 느껴졌다.

'이렇게 통로가 길다니.'

어두운 통로는 생각보다 길었고, 반 시진가량을 걸어가서야 그 끝이 보였다. 이 정도 규모의 굴을 팠다면 많은 인력이 동원되었고 상당한 소음이 났을 터인데 여태껏 발견되지 않았다는 것은 한 가지 추측만을 가능하게 했다.

'무림맹의 성이 축조될 때부터 만들어졌단 말인가?'

참으로 경악스러운 일이 아닐 수 없었다.

그렇다면 이곳 하남 북부에 터를 잡고 무림맹을 만드는 그때도 석금명은 비밀을 지니고 있었단 의미이다.

문제는 석금명의 비밀이 아니라 그의 배후에 자리하는 자가 오래전부터 무림맹 내부로 침투해 오거나 간섭했을 확률이 매우 높다는 것이었다.

'설마 금용대의 패배도 녀석이 간섭한 것인가?'

통로를 지나가는 내내 검황의 머릿속은 골치가 아플 만큼 복잡해졌다.

이윽고 멀리서 희미한 빛이 보이기 시작했다.

"허어!"

밝은 빛이 쏟아지는 통로의 끝은 놀랍게도 무림맹의 성 북쪽에 있는 구봉산의 깊은 산기슭 안과 연결되어 있었다.

이곳을 통해서 외부 세력이 침투한다면 꼼짝없이 당할 수밖에 없는 형국이다.

'석금명 이놈이……'

쏴아아아아아!

얼마나 노기가 치솟았는지 검황의 몸에서 강렬한 살의가 뿜어져 나와 주위의 수풀이 흔들렸다.

그렇게 화가 머리끝까지 올라 있을 때, 무사 중 한 명이 소리치며 동굴 벽의 한쪽을 가리켰다.

"매, 맹주님! 여길 보십시오!"

"무엇이냐?"

검황이 화를 누그러뜨리고 그곳을 쳐다보니 동굴 벽면에

놀라운 것이 적혀 있었다.

강한 공력으로 벽면에 글씨가 휘갈겨 있었다.

錫金明 追擊

-焰使琨

"염사곤!"

벽면에는 석금명을 추적하고 있다는 퇴왕 염사곤의 글이
적혀 있었다.

빨리 쫓아가려 했는지 필체가 엉망인 것을 보아 다급했던
모양이다.

더군다나 글이 적혀 있는 벽면에 핏자국이 튄 걸로 보아 서
재에서 부상을 당한 것은 염사곤인 듯했다.

'염사곤이 녀석을 감시하고 있었구나.'

분노한 마음이 그나마 염사곤의 빠른 대처 덕분에 조금은
누그러졌다.

그러나 지금 급한 것은 다른 데 있었다.

아무리 검하칠위에 속하는 염사곤이라고 해도 석금명 또한
검문의 무공을 익힌 뛰어난 무자였다. 혼자서 그를 추격하게
두기에는 위험했다.

"당장 추격대를 편성해서 이곳의 흔적을 쫓게 해라."

"넵!"

"그리고 비켜서라!"

"넵?"

검문의 무사들이 비켜서는 순간, 검황이 동굴을 향해 검지를 내리긋자 커다란 파공음과 함께 동굴의 천장이 갈라지며 순식간에 그 입구가 붕괴되었다.

이곳을 내버려 두면 무림맹의 내부로 침투할 수 있는 치명적인 약점이 되고 만다.

"으득!"

분노한 검황은 무너진 동굴을 노려보고 이를 갈며 다짐했다.

"감히 본좌의 뒤에서 농락하다니! 그놈들을 잡아서 능지처참하리라!"

이로써 현 무림의 패자라 불리는 검황이 이면에 숨어 있는 정체불명의 존재들을 각인하는 계기가 되었다.

60장
혈뇌의 계략

언제 누가 공격할지 예측하기 힘든 천라지망의 공세는 여전히 계속되었다.

인적이 드문 곳에서는 은밀히 매복해서 공격을 시도했고, 사람이 많은 곳에서는 민간인으로 가장해서 공격을 가했다.

천마가 합류하기 전에는 동검귀 성진경 혼자서 그것을 전부 감당해야만 했다.

하지만 천마가 합류하면서 모든 상황이 바뀌었다.

진경은 무공에 있어서만큼은 무림에서 다섯 손가락 안에 꼽히는 최강자였지만 무림 경험이 적어서 천라지망의 갖은 암수에 대응하기 힘들었다.

아무리 무공이 뛰어나다고 해도 암수가 계속되면 곤욕스러운 상황이나 위기에 빠질 수가 있었지만 천마는 달랐다.

천마는 무위 못지않게 비상할 정도로 뛰어난 지략을 가진 남자였다. 그로 인해 위기 대처 능력에 있어선 타의 추종을 불허했다.

그 단적인 예가 바로 지금이다.

천마가 합류하면서 수면을 통해 체력을 회복한 그들은 허기를 채우기 위해 민가의 객잔에 들르게 되었다.

"마셔."

"네?"

"네놈이 마셔보라고."

"제, 제가 어떻게 손님께 드린 술을⋯⋯."

"다시 묻지 않는다. 마셔."

천마의 단호한 말에 객잔의 점소이는 어쩔 줄 몰라 하며 당황스러워했다.

같은 탁자에 앉아 있는 약선이나 진경조차도 민망함을 감추지 못할 정도였다.

'여긴 별달리 이상이 없어 보이는데 조사님께서 너무 민감하게 생각하시는 게 아닐까.'

천마에 대한 절대적인 충성심을 지닌 유주조차도 의아해

했다.

작은 민가에 있는 이 객잔은 노부부가 운영하고 있었고, 고작 열 살이 채 안 되어 보이는 소년이 점소이로 일하고 있었다. 주위의 손님들도 농부나 상인으로 보이는 이들뿐이었다.

웅성웅성!

그런 그들이 천마가 풍기는 특유의 위압적인 기운에 두려움이 가득한 시선으로 슬금슬금 눈치를 보았다.

"은공, 아무래도 여긴 괜찮은 것……."

"잠시 기다려 보시오."

천마를 만류하려는 약선을 진경이 제지했다.

이곳까지 오면서 한 번 들른 객잔에서 이런 식으로 독에 당할 뻔한 적이 있었다.

그것 때문에 약선이 주문한 음식과 술에 미리 은침을 꽂아서 독의 유무를 확인했다.

만약을 위해서였다.

'주군의 말대로 확실하게 해서 나쁠 건 없다.'

독이 없는 것을 이미 확인했고, 어린아이를 상대로 냉정하게 몰아세우는 것 같았지만 일리가 없진 않다고 생각했다.

"마셔라."

"아, 알겠습니다."

망설이던 소년이 잔에 든 술을 단번에 들이켰다.

반응을 지켜보았는데 소년은 멀쩡했다.

오히려 술이 꽤 썼는지 소년은 얼굴이 빨개져서 딸꾹질을 했다.

"딸꾹!"

이것을 보며 일행은 안도의 숨을 내쉬며 다행이라고 여겼다.

아무리 천라지망의 여러 암수를 쓴다고 해도 이런 어린아이까지 동원하진 않을 거라고 여겼고, 그렇게 믿고 싶었다.

그러나 천마는 아니었다.

"어린놈이 연기가 제법이군."

"네?"

퍽!

"억!"

천마가 갑자기 점소이 소년의 배를 발로 찬 뒤 그가 바닥에 넘어지자 술잔을 깼다.

그리고 깨진 술잔의 파편을 소년의 얼굴에 날렸다.

푸푸푹!

"으아아아아악!"

천마의 잔인한 돌발 행동에 놀란 일행이었지만 그 뒤에 벌어진 광경을 보곤 놀라움을 감추지 못했다.

술잔의 파편이 박힌 점소이의 얼굴이 순식간에 보랏빛으로 물들더니 거품을 물며 그대로 죽어버렸다.

"아?"

진경이 눈에 이채를 띠었다.

그는 단순히 음식이나 술에 독이 있을 거라고 짐작했지만 실상 독은 잔에 묻어 있었다.

'어떻게 독이 잔에 발라져 있는 걸 눈치챈 거지?'

그것은 매우 간단했다.

천마는 이곳 민가의 객잔에 들어왔을 때부터 미세한 살의를 감지했다.

뛰어난 무인이나 살수일수록 살의를 감추는 능력이 탁월하다.

하지만 아무리 고도의 훈련을 받은 살수라고 해도 선천적으로 살기에 민감한 천마에게만큼은 소용이 없었다.

살의를 감지한 천마는 원영신을 개방해서 술잔이나 음식 접시에 묻은 독을 발견했고, 일부러 점소이 소년에게 술을 마실 것을 강요한 것이다.

'독은 둘째치고 나라면 꼼짝없이 속았겠군.'

노부부와 어린 소년이라는 점에서부터 이미 의심의 마음을 풀어버린 진경이다.

천마가 자리에서 일어나 주위의 손님들을 향해 이죽거리는 목소리로 말했다.

"미리 해독약까지 먹고 준비한 걸 보니 꽤 철두철미했다만 실패해서 어쩌지?"

"칫!"

천마의 말이 끝남과 동시에 선량한 민간인의 모습으로 가장하고 있던 그들의 태도가 돌변했다.

숨겨온 살기를 폭발시키며 품에 숨겨놓은 무구들을 꺼내 들고 공격해 왔다.

"어리석군."

천마가 검지를 긋자 민간인으로 가장하고 있던 살수들의 목이 날아갔다.

그야말로 학살에 가까웠다.

진경 역시도 적에게 있어서 살수를 펼칠 때에는 망설임이 없었지만, 천마는 나이나 외양에 상관없이 전부 목을 베어버렸다.

데굴데굴!

바닥을 구르는 노부부의 머리를 보며 약선의 얼굴이 하얗게 질렸다.

비록 적이기는 하지만 손속에 조금의 사정도 두지 않는 그가 정말 무섭게 느껴졌다.

'정말 이자의 그늘에 피해 있는 것이 답일까?'

혈교의 무리가 노리지만 않는다면 차라리 이국땅으로 도망가고픈 심정이다.

하지만 이 같은 천마의 거침없는 태도는 그들이 천라지망
을 뚫는 데 크나큰 도움을 주었다.

어지간한 함정은 천마가 사전에 눈치채는 바람에 암수나
암략이 발동되기도 전에 실패하기 일쑤였다.

그러다 보니 어느 순간부터 천라지망의 공격이 느슨해졌다.

"오늘은 별다른 습격조차 없네요?"

이들은 몰랐지만 천라지망을 펼치면서 죽은 시신을 혈교
측에서 정보 차단을 위해 전부 수습했다.

그런데 천마의 합류 후로 누구 한 사람 살아남은 자도 없
을뿐더러 대다수의 추격대나 암살자들이 목이 잘리거나 몸이
반 토막이 나는 등 잔인하게 죽음을 맞이하자 적들은 서서히
두려움을 느끼기 시작했다.

"글쎄… 완전히는 아니더라도 섣불리 접근하진 못할 거다."

"네?"

"허허, 그랬으면 좋겠네만."

천마의 말에 모두가 의구심을 품으면서도 그러길 바랐다.
그러나 정말로 그것은 예언처럼 맞아들어 갔다.

이틀이 지나자 더 이상의 습격이 없었다.

그렇게 집요하게 이뤄지던 혈교의 천라지망은 천마 합류 후
불과 닷새 만에 끝을 맺고 말았다.

혈교 측에서도 천마를 뚫고서 약선을 탈취하는 것은 불가능하다고 판단했을지도 모른다.

일행 모두가 더 이상의 습격이 없는 것에 기뻐했지만 천마는 이를 마냥 가볍게 생각하지 않았다.

'이상하군. 내가 있으니 무리해서 습격하진 않을 테지만 분명 약선을 포기하진 않았을 텐데 정말로 끝이란 말인가?'

자신이 이곳에 있다는 것을 알았으니 분명 섣부른 암략은 포기할 테지만 이렇게 쉽게 천라지망을 푼다는 것이 이상했다.

만약 정말로 포기한 것이라면 집요하기로 유명한 혈뇌의 계략치고는 허술했다.

'약선이 아닌 다른 대안책을 찾았나? 아니면… 설마 다른 노림수가 있는 건가?'

분명 그가 알고 있는 악마의 뇌라 불리는 혈뇌라면 어떤 수단을 써서라도 목적을 달성하려 할 것이다.

천마는 전후 사정을 되새겨 보았다.

'약선이 무림맹에서 나올 때까지 계속 대기하고 천라지망을 펼친 것을 보면 분명 그가 반드시 필요하다는 의미인데, 내가 합류한 것만으로 이를 쉽게 포기한다는 건 있을 수가 없다. 그리고 약선을 노린다면 내가 움직일 거라는 것 정도는 쉽게 눈치… 아, 제기랄!!'

지금까지의 상황을 정리하던 천마는 문득 뭔가를 깨닫고 말았다.

뛰어난 전략가는 적재적소에 전략을 구사함으로써 아군의 승리를 이끌어낸다.

하지만 아무리 뛰어난 전략가라도 주로 쓰는 전법이 있게 마련이다.

"빌어먹을 놈이 여전하군, 뒤통수를 노리는 건."

"조사님, 무슨 일이라도……?"

천마의 표정이 심상치가 않자 이상하게 여긴 유주가 물었다.

"당장 서둘러야 한다."

"네?"

지금 그들이 있는 곳은 호남 남부 지역으로 원래의 속도대로 움직이면 이틀 정도면 마교가 있는 십만대산에 이르게 된다.

"놈들이 노리는 건 약선이 아니다."

"네? 그게 무슨……?"

"놈은 본 교를 노리고 있다!"

천마의 의미심장한 말에 놀란 유주의 두 눈이 커졌다.

이미 하독을 했기 때문에 마교 내의 지휘 체계가 어수선하다는 것을 알고 있는 혈교이다.

그런데도 마교에 또 다른 공격을 시도하지 않은 것은 여전히 마교 내의 저력이 만만치 않다는 것과 천마가 있다는 사실 때문이었다.

그러나 동검귀를 시작으로 천마마저 밖으로 빼냈으니 지금 마교에는 절대 고수가 전무한 상태이다.

"천라지망을 이용할 줄이야. 빌어먹을, 진즉에 알아챘어야 하는데."

혈뇌 종리악의 전략이 위험한 것은 계책을 세울 때 과감하다는 점 때문이다.

지략이 뛰어난 천마를 속이기 위해 약선이라는 명분을 두고 대규모의 천라지망을 펼침으로써 그가 별다른 의심을 하지 못하게 시선을 돌리게 만든 것이다.

과거에도 이런 식으로 천마의 시선을 분산시켜 마교를 침범해 교 내가 불바다가 된 적이 있었다.

천마는 보기 좋게 그의 전법에 넘어가고 만 것이다.

'안휘, 호남, 강서에 있는 지부들을 없앤 건 단순히 천라지망만을 위한 것이 아니었군.'

마교에서도 외부와의 정보가 차단되었지만 마찬가지로 밖에 있는 천마도 교 내의 소식을 알 수 없게 되어버렸다.

조급해진 천마는 작전을 변경했다.

"안 되겠군. 진경."

"네, 주군."

"네 녀석은 약선을 데리고 서둘러 오도록. 난 먼저 본 교로 돌아가겠다."

약선과 같이 움직인다면 이동하는 속도가 늦어지게 된다.

결정을 내린 천마는 번개처럼 경공을 펼쳐 전력을 다해 십만대산이 있는 방향으로 남하했다.

그날 저녁 무렵 십만대산.

십만대산의 한가운데에 위치한 마교는 천연의 요새와도 같다.

이곳까지 들어오기 위해서는 수많은 산세를 극복하고 수십 개의 감시대를 지나야만 했다.

재건축된 마교의 대전 건물에 부상을 치료 중인 수뇌부를 대신해 천여휘가 서류 더미와 고군분투하고 있었다.

혼자서 지휘 체계를 맡다 보니 거의 쉴 틈이 없는 그였다.

그나마 정보단의 수장인 매선화가 뒤를 받쳐주지 않았다면 과로사할 지경이었다.

"아버님과 장로들은 많이 호전되었소?"

"많이 좋아졌다고 합니다. 사타 선생 말로는 체내의 잔여 독기만 제거되면 다시 업무에 복귀해도 괜찮다고 하더군요."

매선화의 말에 천여휘가 안도의 숨을 내쉬었다.

천마가 가져온 해독 제조법 덕분에 수뇌부가 빠르게 회복되고 있었다.

며칠 전에는 중독에서 깨어난 교주 천극염과 대화를 나눌 정도였으니 조만간에 지휘 체계가 정상적으로 돌아갈 것이다.

그때였다.

댕댕댕!

"응?"

적의 침습을 알리는 교 내 종소리가 마교의 성 전체로 울려 퍼졌다.

갑작스러운 경고음에 놀란 천여휘가 집무 책상에서 벌떡 일어났다.

다다다다다!

그때 대전 안으로 교인 한 명이 헐레벌떡 뛰어 들어와 한쪽 무릎을 꿇고 보고했다.

"소, 소교주님, 큰일입니다!"

"무슨 일이길래 적습을 알리는 종소리가 울리는 것이냐?"

얼마나 시급한 일이었는지 얼굴이 사색이 된 교인이 침을 꿀꺽 삼키며 말을 이었다.

"지, 지금 본 교의 성 외곽 쪽을 수를 헤아리기 힘든 괴인들이 포위하고 있습니다."

천 년 동안 마교가 외부의 침공을 받은 것은 다섯 손가락

안에 꼽을 정도였다.

마교는 한 번 침입을 받을 때마다 그것을 기회로 더욱 방어 체계를 강화했다.

최근 마교의 존폐를 뒤흔드는 검문과의 전쟁과 내전을 겪으면서 방어 체계를 강화해 열두 개에 불과하던 감시탑을 칠십이 개로 늘려 십만대산의 요지마다 배치해 적이 어떠한 경로로도 침입할 수 없게 만들었다.

감시탑은 기본적으로 사 교대로 이루어지고 두 명씩 짝을 이뤄서 근무했다.

"하아아암!"

북문의 가장 전방에 배치된 열두 번째 감시탑에서 근무 중인 대머리 교인이 늘어지게 하품을 했다. 감시대가 많아지면서 일반 교인들의 근무 시간이 많이 늘어났다.

교대를 한다고 해도 매번 주변을 몇 시진 동안이나 뚫어져라 쳐다보는 임무가 쉬울 리 없었다.

"어이, 졸지 마. 한 시진만 더 있으면 교대하잖아."

"피곤한 걸 어쩌란 말이야. 흠, 그런데 비가 오려나. 하늘이 우중충한데?"

먹구름이 잔뜩 낀 밤하늘은 달빛조차 없어 어둡기만 했다.

감시탑에는 천막이나 천장이 없기 때문에 비라도 내리면 그대로 쫄딱 맞아야 했다.

딱 감기 걸리기 십상이었다.

"다음번에 안건으로 감시탑에 천막을 놓든, 아니면 죽우의(竹雨衣)라도 갖다 놔달라고 해야겠어."

"웬일로 그런 좋은 안건을 생각… 음?"

파스락!

그때 감시대의 전방 쪽의 수풀에서 소리가 들렸다.

동료 교인의 반응이 심상치 않자 대머리 교인이 횃불을 들어서 수풀을 비추었다.

그가 비춘 방향의 수풀 속에서 바스락거리는 소리가 들려왔다.

"뭐지?"

"들짐승인가?"

"그럴 리가. 이 주변에 감시탑을 세운 후로 들짐승이 지나가는 꼴을 본 적이 없는데."

수상함을 느낀 동료 교인이 활에 화살을 걸어 수풀 쪽을 겨냥했다.

크르르르르!

흔들리는 수풀 쪽에서 짐승 우는 소리가 들렸다.

대머리 교인이 작은 소리로 속삭였다.

"짐승이 맞나 본데?"

"그래도 확인해 봐야지."

척!

동료 교인이 겨냥하고 있던 화살을 소리가 나는 수풀을 향해 쏘았다.

팍!

"박혔다!"

수풀로 들어간 화살이 뭔가에 꽂히는 소리가 들려왔다.

그런데 분명 살점에 꽂히는 소리가 들렸는데 아무 소리도 들리지 않았다.

"응? 이상한데?"

"아무것도 아닌가 보……."

파스스스스스!

그의 말이 끝나기도 전에 감시탑에서 내려다보이는 전방의 숲 전체가 흔들렸다.

"뭐, 뭐야?"

감시탑 위에 있는 교인들이 당혹감을 감추지 못했다.

"크르르르!"

"크흐흐, 크흐흐흐!"

수백에 가까운 짐승이 울부짖는 소리.

하나 그런 소리와 다르게 수풀을 뚫고 나오는 것들은 사람의 형태를 하고 있었다.

놀란 마음에 횃불에 비추자 그들은 인간의 형태가 아니라 잔뜩 일그러져 마치 짐승, 아니, 괴물과도 같은 형태였다.

"이, 이것들은 대체 뭐야?"

"그, 그보다도 빨리 봉화를!"

이들의 정체가 무엇인지 모르나 봉화에 불을 붙여 마교의 영역을 침범했음을 알려야 했다.

대머리 교인이 허겁지겁 감시탑의 한복판에 있는 봉화대에 불을 붙이려는 순간.

드드드드!

"어어엇?"

갑자기 감시탑이 흔들리며 기울었다.

놀란 동료 교인이 밑을 내려다보니 수많은 괴인이 감시탑에 달라붙어 기어오르려 하고 있었다. 그 무게를 감당하지 못하고 감시탑이 넘어지려 했다.

끼이이이이!

"아, 안 돼애애애!"

미처 봉화에 불을 붙일 틈도 없었다.

한번 기울기 시작한 감시탑이 그대로 넘어지고 말았다.

쿵!

높은 곳에서 떨어졌지만 그들 또한 기본적으로 무공을 익힌 무사들이었다.

탑이 넘어지는 것과 동시에 낙법을 펼쳐 충격을 줄였으나 그대로 밀고 들어오는 괴인들을 막을 방도가 없었다.

"크르르르르!"

콰직!

"으아아아아악!"

"사, 살려줘!"

수많은 괴인들이 달려들어 대머리 교인과 동료 교인의 살점을 물어뜯어 먹어버렸다.

순식간에 전방을 지키는 열두 번째 감시탑이 무너졌지만 그곳 하나가 끝이 아니었다.

한번 밀고 들어온 괴인의 수는 헤아리기조차 힘들었고, 어찌나 많은지 단숨에 밀고 들어와 전방에 배치된 감시탑들을 넘어뜨렸다.

"저, 저게 뭐지? 감시탑들이 쓰러지고 있어! 대체 무슨 일이야?"

"적습이야! 적습이 틀림없다! 보, 봉화를 피워!"

후방의 감시탑에서 근무 중이던 교인들은 전방에 배치된 감시탑들의 횃불 불빛이 사라지자 뭔가 이상하다고 느꼈다. 그러다 바로 맞은편 쪽에 있던 감시탑들이 일제히 쓰러지는 광경을 보고서야 적습임을 알아차렸다.

화르르륵!

한 봉화대에 불이 들어오자 동서남북의 아직까지 무사한

감시탑들에서 일제히 봉화가 치솟았다.

그러나 봉화들은 그리 오래가지 못했다.

사방에서 물밀듯이 밀고 들어오는 괴인들에 의해 감시탑들이 쓰러졌기 때문이다.

쿵! 쿵!

전방에서부터 성 가까이에 있는 감시탑의 봉화들이 사라지는 광경에 성벽을 지키는 교인들은 공포를 느꼈다.

순식간에 마교의 성 주변에 있던 모든 봉화가 사라지고 사방이 어둠으로 잠식되었다.

댕댕댕!

그사이에 마교 내에 적습을 알리는 경보 종이 울려 퍼지며 성벽과 교 내 전체로 횃불이 켜졌다.

경보 종소리에 성벽으로 허겁지겁 올라온 교인들의 얼굴에 긴장감이 감돌았다.

"세상에……!"

현 마교의 교인들은 검문과 전쟁을 치르고 남마겁 일파와의 내전을 겪은 백전의 용사들이었으나 그런 그들조차도 이러한 광경은 처음 봤다.

"크르르르르!"

성 외곽이 수를 헤아리기 힘든 괴인들에게 둘러싸이고 말았다.

감시탑을 파죽지세로 밀고 들어올 때와 다르게 괴인들은 마치 전장을 앞둔 병사들처럼 주변을 포위한 채 움직임을 멈췄다.

얼마 있지 않아 성벽 위로 소교주 천여휘와 현화단주 매선화가 다급히 올라왔다.

"이, 이게 대체 무슨 일이란 말인가?"

수많은 일을 겪으면서 더 이상 놀랄 일은 없을 거라 생각한 천여휘이다.

그런데 성 외곽을 둘러싼 수많은 괴인들을 보고 나니 할 말을 잃고 말았다.

정보단의 수장인 매선화 역시도 처음 보는 흉악하게 일그러진 괴인들의 모습에 얼굴이 사색이 되었다.

"매 단주, 저것들이 대체 뭔지 압니까?"

말문을 잃은 매선화는 문득 예전에 천마가 절곡에서 있던 사건을 말해준 것을 떠올렸다.

분명 그때 강시들을 언급했고, 이들의 흉측한 생김새를 알려주었다.

"소교주, 아무래도 저것들은 강시인 것 같습니다."

"강시? 저것들이 강시란 말입니까?"

강시라는 말에 천여휘의 얼굴이 딱딱하게 굳었다.

소교주인 천여휘는 차기 교주를 준비하는 과정에서 마교의 역사를 공부했다.

마교의 사기에는 천 년 전에 있던 혈교대전이 자세히 서술되어 있었고, 혈교에서 금지된 술법으로 강시들을 만들어 무림에 대혈겁을 일으켰다고 적혀 있었다.

"그때 조사님께서 절곡 내에 있던 강시들을 전부 없앴다고 했는데… 아무래도 그게 다가 아닌 모양입니다."

"그게 다가 아닌 것치고는 너무 많습니다."

성벽의 횃불에 비춰 보이는 강시만 하더라도 거의 천 단위에 육박해 보였다.

그렇다는 것은 성 전체를 둘러싼 강시가 어림잡아도 몇 천에 이르는 대규모의 병력이란 말이었다.

웅성웅성!

성벽 위로 방어를 위해 몰려온 교인들조차 이 괴이한 광경에 두려움을 감추지 못했다.

한번 생겨난 공포와 두려움은 전염병과도 같았다.

"각 부대는 전열을 가다듬어라!"

"방어진을 갖춰라!"

각 대주들이 방어 체계를 갖추도록 다그쳤지만 교인들은 쉽게 움직일 생각을 하지 못했다.

이대로 괴인들이 성으로 밀고 들어오면 꼼짝없이 당할 판국이다.

바로 그때였다.

"지금 뭣들 하는 게야!!"

두려움에 잠식되어 사기가 저하된 성벽 위로 쩌렁쩌렁한 외침이 울려 퍼졌다.

교인들의 시선이 외침이 쏟아진 곳으로 향했다.

"교, 교주님이시다!!"

"교주님!!"

"와아아아아아!!"

성벽 위로 나타난 사람은 다름 아닌 교주 천극염이었다.

독에 중독되어 치료 중인 교주가 위풍당당한 모습으로 나타나자 공포에 잠식되어 있던 성벽 위의 교인들이 일제히 함성을 질렀다.

"아, 아버님!"

천여휘의 얼굴이 흥분으로 물들었다.

며칠 전만 하더라도 침상에 누워 있던 교주의 등장은 그 아들인 천여휘의 두려움마저 씻어내게 만들었다.

'역시 교에는 아직 교주님이 필요하다!'

교주가 등장하여 사기가 치솟은 것만 보더라도 알 수 있었다.

게다가 성벽 위로 나타나는 것은 교주만이 아니었다.

"장로님들도 오셨다!!"

"와아아아아아!"

중독되었던 장로들이 병상에서 일어나 각 성벽 위로 모습을 드러냈다.

완전히 회복된 것은 아니지만 교가 위기에 빠지자 병상에 드러누워 있을 수만은 없었던 것이다.

수뇌부들이 등장하자 사기가 치솟은 교인들이 일사불란하게 방어 체계를 갖추기 시작했다.

"크르르르르르!"

성벽 위에서 함성을 지르며 마교인들의 사기가 치솟자 이를 감지한 듯 강시들의 기세가 심상치 않았다.

기세가 고조된 그들은 언제라도 그 흉포함을 발휘할 준비가 되어 있었다.

교인들의 두려움을 극복시키고 사기를 올렸지만 막상 성벽 위에서 수천에 이르는 강시들을 보게 되자 천극염의 표정이 그리 좋지만은 않았다.

'저게 정말 강시인가? 하필 조사 어른이 자리를 비울 때 이런 일이 벌어지다니.'

천마는 여러 차례 천극염에게 천 년 전의 혈겁이 재림할 수도 있으니 항시 만전을 기하라고 경고했다.

이를 명심하고는 있었지만 이렇게 빨리 일이 벌어질 줄은 몰랐다.

저들이 만약 그 전설 속의 강시라면 무림인을 상대로 하는 전쟁보다도 더욱 힘든 싸움이 될 것이다.

'어떻게든 마교를 사수해야 한다.'

남마검의 손에서 겨우 되찾고 정상화된 마교를 이런 식으로 잃을 순 없었다.

"크와아아아아아!"

"앗?"

그때 가만히 성을 포위하고 있던 강시들이 짐승 같은 포효를 내지르며 일제히 진격해 왔다. 교주의 등장으로 사기가 진작되긴 했지만 수천에 가까운 강시들이 진격해 오자 성벽 위 교인들의 얼굴이 긴장감으로 물들었다.

천극염이 손을 들어 신호를 보내자 대주들이 큰 소리로 외쳤다.

"궁수대! 목표를 겨냥해라!"

"충!"

대주들의 명령이 떨어지자 교인들이 활시위를 당기고 성벽 아래 강시들을 겨냥했다.

강시들이 일정 간격으로 들어오자 대주들이 동시에 외쳤다.

"쏴라!"

촤촤촤촤촤촤촤!

성벽 위에서 수많은 화살이 하늘에 수를 놓으며 강시들에게 쇄도했다.

내공이 실린 화살이 강시들의 몸에 꽂혔지만 놀랍게도 이들은 아무런 타격을 받지 않았는지 그대로 진격해 왔다.

몇몇 강시가 핵을 맞고 타들어가 재가 되었지만 일부에 불과했다.

"이, 이럴 수가?"

"계, 계속 쏴라!"

당황해하는 궁수대에게 대주들이 계속 활을 쏘게 했다.

그러나 그 많은 화살이 비처럼 내려 강시들에게 꽂혔지만 놈들은 아랑곳하지 않고 진격해 결국에는 성벽에 도달했다.

성벽에 도달한 강시들은 서로의 몸을 지지대 삼아 성벽을 타고 오르기 시작했다.

"막아라! 막아야 한다!"

"쇳물을 부어라!"

일반 교인들은 준비된 돌덩이와 쇳물을 부어 강시들을 성벽에서 떨어뜨렸다.

절정 이상의 무위를 지닌 대주와 부대주들이 검기와 도기를 일으켜 성벽을 기어오르는 강시들에게 날렸다.

수를 헤아리기 힘든 강시들이 성벽을 타고 오르는 광경은 공포스러울 지경이었다.

수많은 강시들이 성벽을 타고 올라가려 했지만 생각보다 마교의 방어는 견고했다.

 천극염 교주가 등장하면서 사기가 오른 마교인들은 침착하게 수성전에 임했다.

 아무리 고통을 느끼지 않는 강시들이라고 할지라도 비같이 쏟아지는 화살과 뜨거운 쇳물, 검기 등을 뚫고 성벽으로 진입하는 것은 쉬운 일이 아니었다.

 "예상 밖이군."

 한편 이 같은 상황을 여유롭게 관전하는 자가 있었다.

 돌연 습격한 강시 군단에 의해 전 감시탑이 쓰러진 것 같았지만 성에서 조금 떨어진 곳에 있는 하나의 감시탑이 유일하게 무너지지 않고 있었다.

 "아무래도 성이 방해가 되는 것 같습니다."

 감시탑 위에 있는 자는 두 명이었다.

 한 명은 복면에 붉은 혁대를 매고 있는 자였고, 다른 한 명은 파란 가면에 붉은 장포를 두르고 있는 자였다.

 백타산에서 혈마에게 육신을 넘기고 자폭한 파란 가면의 사내, 혈교의 이석이 어떻게 살아서 이곳에 있는 것일까.

 "천 년 동안 그저 머저리처럼 있던 게 아니라는 말이겠지."

 천 년 전에도 마교와의 싸움에 강시들이 동원되었다.

물론 규모는 지금보다 훨씬 적었지만 그때도 흉포하고 고통을 느끼지 않는 강시들로 인해 마교를 위기로 몰아넣었다.

　"이래선 강시의 숫자만 줄어들 것 같습니다."

　강시들의 최대 장점은 전염병처럼 그 수를 기하급수적으로 늘리는 것인데, 성벽에 막혀 진입을 못하고 공격만 당하니 조금씩이나마 차츰 수가 줄어들고 있었다.

　당시에는 십만대산에 터를 잡기는 했으나 축성하진 않았는데 이렇게 견고한 성을 만들어놓은 것을 보면 혈교대전 때를 교훈 삼은 듯했다.

　'그도 그렇지만 이렇게 많은 감시탑을 세워둔 탓도 크군.'

　성이 축성된 사실은 이미 사전에 알고 있는 정보였다.

　다만 예상보다 많은 감시탑이 원래의 계획을 더디게 만드는 요인이었다.

　원래는 단번에 감시탑을 밀고 방어 체계를 갖추기 전에 진입하려 했지만, 워낙 감시탑이 많다 보니 결국 마교의 방어 체계가 가동될 시간을 주고 말았다.

　"어쩔 도리가 없습니다. 혈뇌 님의 제이계를 발동할까요?"

　"실시하라."

　파란 가면의 이석의 명령이 떨어지자 부관이 허리춤에 차고 있던 파란 깃발을 들었다.

　성 주변에서 대기하고 있던 복면인들이 차례대로 파란 깃발을 들었다.

그러자 미리 준비되어 있던 관 뚜껑이 열리며 핏기가 없는 파란 피부에 붉은 눈을 가진 괴인들이 모습을 드러냈다.

"크르르르르르!"

바로 무림인들의 시신으로 만들어져 금강불괴에 가까운 귀강시였다.

일반 강시보다 개체수가 적어서 동원된 건 이백 구 정도에 불과했지만 그 파급력은 엄청났다.

"귀강시들을 어떻게 막을지 한번 지켜보실까나. 흐흐흐흐!"

혼명향이 통하지 않는 귀강시들이었지만 약선의 침술로 인해 조종이 가능해졌다.

귀강시들은 섬뜩한 붉은 눈으로 성을 응시하더니 이내 번개처럼 튀어나갔다.

타타타탁!

단순하게 움직이는 일반 강시와 다르게 귀강시들은 무림인이 경공을 펼치는 것처럼 단번에 성벽을 타고 올라왔다.

"뭐, 뭐얏?"

"저것들을 막아랏! 막아!"

갑작스럽게 나타난 귀강시들에 성벽을 사수하던 교인들이 당황했다.

일반 강시와는 그 움직임이 확연하게 달랐다.

"아닛? 화살이 튕겨 나가?"

강시의 몸에 화살을 쏘았으나 박히기는커녕 튕겨 나갔다.

뜨거운 쇳물을 붓고 돌무더기를 떨어뜨려 견제했지만 귀강시들은 이를 피하거나 아예 타격조차 받지 않은 듯이 무시하고 올라왔다.

그리고 드디어 귀강시들이 성벽 위에 도달했다.

"이런 젠장!"

가까이에 있던 교인들이 화들짝 놀라며 검을 뽑아 귀강시를 향해 달려들었다.

댕강!

귀강시들의 피부와 검이 부딪치자 두꺼운 철벽을 때리는 소리와 함께 검이 부러져 나갔다.

부러진 검신을 보며 교인들이 당황했다.

"마, 말도 안 돼!"

"크와아아아아!"

픽!

"으아아아아아아아아!"

귀강시가 포효를 내지르며 주먹을 내뻗자 검을 휘두르던 교인들이 도리어 뒤로 튕겨져 성 밑으로 떨어졌다.

성 밑으로 떨어진 교인들을 기다렸다는 듯이 강시들이 달려들어 물어뜯었다.

그 광경을 바라본 교인들의 얼굴이 사색이 되고 말았다.

"비켯!"

그때 뒤에서 들려오는 외침에 교인들이 허겁지겁 좌우로 물러났다.

근처에 있던 복마단의 대주가 뛰어올라 검기를 일으켜 귀강시를 공격했다.

검기가 실린 검초가 귀강시에게 작렬했다.

채채채채쟁!

그러나 검기가 실린 초식이 온몸을 난자했음에도 불구하고 귀강시의 몸에는 작은 검상조차 남지 않았다.

"아니, 검기가 통하지 않다니?"

검기를 막으려면 적어도 같은 검기이거나 보검 정도는 되어야 한다.

그런데 맨몸에 초식이 작렬했는데도 상처가 없다는 것은 금강불괴라는 말이었다.

"크와아아아!"

"제기랄!"

귀강시가 자신을 공격한 복마 대주에게 달려들었다.

복마 대주가 보법을 펼치며 피하려 했으나 미처 뒤에 있던 귀강시를 보지 못했다.

콰득!

"끄아아아아아악!"

그의 뒤에 있던 귀강시가 복마 대주의 목을 뜯어먹었다.

목의 살점이 뜯겨져 나가고 피가 분수처럼 쏟아지더니 복마 대주가 비명을 지르며 쓰러졌다.

소름 끼치는 광경에 근처에 있던 교인들이 일순간 공포에 사로잡히고 말았다.

그사이에 이쪽 성벽을 타고 오르던 강시들이 성벽 위로 기어오르는 데 성공했다.

"크와아아아아아!"

"가, 강시들이 올라왔다! 막아랏!"

한번 뚫린 성벽으로 물꼬가 트인 것처럼 강시들이 밀려들어 왔다.

수십에 가까운 강시들이 올라오자 순식간에 성벽 위가 아수라장이 되었다.

그때 기이한 일이 벌어졌다.

"보, 복마 대주, 괜찮으신 겁니까?"

귀강시에게 목이 뜯겨 죽은 줄 알았던 복마 대주가 몸을 일으켜 세우자 옆에 있던 교인이 놀라서 그를 부축했다.

그런데 복마 대주의 상태가 이상했다.

온몸을 부르르 떨더니 멀쩡하던 얼굴이 흉측하게 일그러지면서 이빨이 짐승의 것처럼 날카로워졌다.

"이, 이게 대체 무슨……?"

"크와아아아아!"

콰득!

"끄어어어어억!"

강시가 되어버린 복마 대주가 자신을 부축한 교인의 머리통을 물어뜯어 버렸다.

두개골을 뚫고 하얀 뇌까지 베어 먹을 만큼 복마 대주의 이는 날카로웠고 그 턱의 힘은 가히 짐승과도 같았다.

"으으으으으으……!"

덜덜덜덜!

"으으, 크르르르르르!"

게다가 머리의 반이 날아간 교인이 고통스러워하다 경련을 일으키더니 이내 얼굴이 흉측하게 뒤틀리며 또 다른 강시가 되어버리고 말았다.

이를 보게 된 교인들은 그제야 강시에게 물리면 전염된다는 사실을 깨달았다.

"가, 강시한테 물리면 안 된다! 물리면 그 즉시 자결해라!"

전염처럼 늘어나는 강시들로 인해서 성벽 위는 혼란에 빠지고 말았다.

성벽 안쪽에 예비대는 많았지만 두려움도 없고 심지어 고통조차 느끼지 않는 강시를 상대하는 것은 공포 그 자체였다.

"하압!"

콰콰콰콰쾅!

그때 성벽 위로 도강이 난무하며 닥치는 대로 강시들을 휩쓸었다.

도강을 날린 자는 바로 일 장로인 탈마도 오맹추였다.

이쪽 성벽이 뚫리면서 강시들이 물밀듯이 밀려들어 오는 것을 보고 급히 달려온 것이다.

"이런 빌어먹을 악의 종자들! 죽어랏!"

촤악!

오맹추가 도를 휘두를 때마다 하얀 빛의 도강이 뻗어나가 강시들을 단숨에 두 동강 냈다.

각 대주들조차 어찌하지 못하는 강시들을 쉽게 죽이는 오맹추의 무위에 공포에 잠식되어 있던 교인들이 점차 사기를 되찾았다.

"혼자 달려들지 말고 동시에 공격해라!"

"넵!"

대주에서 부대주급의 교인들이 합공으로 귀강시를 상대하고 강시들은 서너 명의 교인이 붙어서 상대하는 식으로 막아내자 밀렸던 성벽이 어느새 수복되기 시작했다.

'이놈들은 어째서 죽지 않는 거지?'

촤촤촤촤!

금강불괴에 가까운 귀강시라고 해도 도강에는 어쩔 수 없는지 잘려 나갔다.

그런데 아무리 베어도 귀강시들은 체내에 있는 핵을 베지 않으면, 심지어 머리통이 없어도 계속해서 공격해 왔다.

퍽!

그 탓에 방심하다가 일격을 맞고 말았다.

"크윽!"

귀강시의 주먹에 실린 잠력은 어지간한 고수보다도 강했다.

내상을 입은 오맹추의 입가로 선혈이 흘러내리자 이를 감응한 강시들이 그를 향해 미친 듯이 달려들었다.

"빌어먹을!"

촤아아아악!

화가 난 오맹추는 절초를 펼쳐서 단번에 강시들의 몸통을 베었다.

그의 도강에 베인 강시들이 체내에 있는 핵까지 파괴되어 그대로 소멸하고 말았다.

한편 반대편 성벽에 있는 천극염 역시도 갑자기 성벽으로 올라온 귀강시들 때문에 진땀을 빼고 있었다.

그가 있는 쪽에는 백 구에 가까운 귀강시가 나타났다.

마치 그가 마교의 교주임을 알아보기라도 한 듯 귀강시들이 일제히 공격해 오는 통에 쉴 틈 없이 검을 움직이고 있었다.

채채채채챙!

천마가 없는 마교에서 최강의 고수는 역시 천극염이었다.

몇 달 전부터 천마에게 무공과 검술을 전수받은 이후 무위가 진일보한 천극염의 검은 그야말로 무쌍(無雙)에 가까웠다.

"하압!"

천마검법은 천마가 만든 무공 중 가장 패도적인 위력을 자랑한다.

검초 하나하나가 필살의 절초였기에 천마검의 초식을 펼칠 때마다 이를 막지 못하면 단숨에 목숨을 앗아간다.

촤촤촤촤악!

천마검법의 파천검파(破天劍波).

하늘도 부술 것 같은 파도 같은 검세가 뻗어나가 귀강시들을 휩쓸었다.

하지만 귀강시들은 핵을 베지 않으면 죽지 않기 때문에 절초를 펼쳤음에도 불구하고 고작해야 죽은 귀강시는 일곱 구였다.

결과적으로 오십 초식가량의 검초를 펼치면서 소멸시킨 귀강시의 수는 서른 구 정도에 불과했다.

"크윽!"

목이 날아간 귀강시가 보이지도 않는데 천극염을 향해 달려들었다.

'자아조차 없는 강시 놈들이 어떻게 본좌만을 노리는 거지?'

귀강시들을 상대하면서 천극염은 이들이 노골적으로 자신의 목을 노린다고 확신했다.

각 대주들과 교인들이 달라붙어서 귀강시들을 처리하려고 했지만 그들은 아랑곳하지 않고 오직 자신에게만 덤벼들고 있었다.

'분명 강시들을 조종하는 술사가 있다. 그놈을 찾아야 하는데.'

그럴 여력이 없었다.

장로들과 각 대주들은 귀강시를 상대하느라 정신이 없었고, 교인들은 성벽을 사수하는 데 전력을 다하고 있었기에 성 내로 침입하지 못하게 하는 것이 지금으로선 최선의 방어였다.

바로 그때였다.

"크와아아아아아아아아!!"

여느 강시, 귀강시들과는 질적으로 다른 포효가 울려 퍼졌다.

그저 포효를 지를 뿐이었는데 마치 성벽 전체가 울리는 착각이 들 정도였다.

오싹!

커다란 포효성에 담긴 한없이 죽음과 가까운 기운에 성벽을 사수하던 마교인들의 얼굴에는 일순간 강한 불안감이 스며들었다.

'방금 그 포효는 대체 뭐지?'

그 순간 커다란 굉음과 함께 성벽 전체가 심하게 흔들렸다.

교인들의 몸이 일순간 균형을 잃고 비틀거릴 만큼 그 흔들림이 강했다.

콰아아앙! 쿠르르르르!

하나 한 번이 끝이 아니었다.

연이어서 굉음이 터지며 성벽이 지진이라도 난 것처럼 진동이 퍼져 나갔다.

놀란 교인들이 굉음이 난 방향을 쳐다보았다.

그곳은 바로 닫혀 있는 성문이었다.

"서, 설마?"

방비할 틈도 없었다.

여느 강시와는 비교도 할 수 없을 만큼 거구에 새빨간 피부를 가진 괴물 같은 강시가 성문을 향해서 돌격해 왔다.

콰아아앙!

성벽 아래에서 성문을 지키고 있던 교인들이 소리를 질렀다.

"서, 성문이 뚫렸다! 성문을 봉쇄해라!"

공성 무기가 없었기에 성문 방어를 크게 신경 쓰지 않았는
데 어느새 성문이 뚫린 것이다.

성문이 강제로 파괴되면서 뿌연 먼지가 시야를 가렸다.

성 내에서 예비 병력으로 대기 중이던 교인들이 숨을 죽이
고 방패와 창을 들었다.

이윽고 뿌연 먼지를 뚫고 새빨간 피부에 거구의 강시 세 구
가 강렬한 사기(死氣)를 내뿜으며 성 내로 들어왔다.

61장
천마 강림上

혈강시(血僵尸).

혈교의 수많은 대법이 집대성된 최강이자 최악의 강시이다.

새빨간 피부에 거구의 혈강시는 보통 성인 남성의 두 배에 달하는 덩치를 가지고 있었다.

흉측하게 일그러진 얼굴에 부풀어 오른 근육 등. 그 모든 것이 기이한 형태로 발달되었고, 전신에서 풍기는 죽음의 기운은 보는 이로 하여금 두려움에 떨게 만들었다.

"괴, 괴물!"

"정신 바짝 차려라!"

성 내에서 예비 병력으로 대기하고 있던 교인들의 얼굴에 긴장감이 감돌았다.

여기서 저 괴물을 막지 못한다면 성 내에 있는 무공을 모르는 일반 교인들이 참혹하게 유린당하고 만다.

"방패진 앞으로!"

착착!

방패를 든 교인들이 방패를 이 층으로 쌓아 벽을 만들었다.

뒤에 있던 교인들이 방패 사이사이를 비집고 창을 꽂음으로써 방어진을 구축했다.

그때 맨 앞에 있던 혈강시가 흉악한 입을 쩍 벌렸다.

"크와아아아아!"

파앙!

"으아아아악!"

거구의 혈강시가 거대한 포효를 내지르자 물결처럼 기운이 퍼져 나가더니 방패를 들고 있던 교인들이 고통스러워하며 뒤로 튕겨져 나갔다.

포효를 지른 혈강시의 옆에 있던 두 구의 혈강시가 거구와는 맞지 않는 민첩한 속도로 달려와 교인들에게 포악한 주먹질을 해댔다.

쾅! 와지직!

혈강시가 주먹을 휘두를 때마다 철로 만든 방패가 일그러지며 교인들이 튕겨 나갔다.

내공으로 막아도 소용없었다.

튕겨 나간 교인들은 가슴뼈가 부러지고 심각한 내상으로 즉사해 버렸다.

"무슨 이런 말도 안 되는 괴력을! 저, 저 괴물 놈들에게 차, 창을 던져라!"

"네, 넵!"

대주들이 명을 내리자 교인들이 일제히 혈강시 세 구를 향해 내공을 실어 창을 던졌다.

까까까깡!

수백에 가까운 창이 거구의 혈강시들에게 작렬했으나 마치 나무젓가락처럼 부러졌다.

혈강시의 몸은 마치 현철로 만들어진 것처럼 단단했다.

수백의 창을 견뎌낸 혈강시들은 분노했는지 괴성을 지르며 교인들을 향해 달려들었다.

"우, 우와아아앗!"

거구의 혈강시가 달려들자 교인들이 비명을 지르며 갈라졌다.

하지만 도망치는 것도 소용없었다.

"크와아아아아!"

쾅!

폭주하는 혈강시의 주먹에 교인들이 튕겨 나가다 못해 두 부가 으깨지듯이 살점이 뭉개졌다.

마치 몰이사냥을 하는 것처럼 혈강시는 도망가는 교인들을 죽였다.

"멈춰라, 이 괴물 놈!"

대주 중에 도의 고수인 살마 대주 상여중이 용기를 내서 절초를 펼쳐 도기를 날렸으나 혈강시의 단단한 육체는 도기마저 튕겨냈다.

"어, 어떻게 이런 일이?"

막거나 피한 것도 아니고 오직 육체만으로 도초를 견뎌낸 것이다.

간지럽다는 듯이 상여중의 도초를 견뎌낸 혈강시는 괴성을 지르며 그의 머리를 내려쳤다.

쾅!

살마 대주 상여중은 그대로 머리가 터지고 몸이 찌그러져 죽고 말았다.

절정의 고수인 몇몇 대주들이 나섰지만 결과는 같았다.

혈강시에게는 어떠한 공격도 통하지 않았다. 이 괴물이 움직일 때마다 반드시 누군가는 죽었다.

"막아라! 반드시 막아야 한다!"

교인들이 이구동성으로 외치며 달려들었지만 혈강시들을

막기에는 역부족이었다.

한 구의 혈강시도 무적에 가까운데 세 구의 혈강시는 성 내를 일순간에 아비규환으로 만들어 버렸다.

이것은 시작에 불과했다.

"가, 강시들이 몰려들어 온다! 성문을 막아라!"

혈강시들에 의해 교인들이 유린당하기 시작하자 성문 안으로 일반 강시들이 물밀듯이 밀고 들어왔다.

혈강시를 막기도 벅찬 와중이었기에 성문을 막을 틈도 없었다.

"끄아아악!"

"크헉!"

마교의 성 전체에 비명이 끊이질 않았다.

교주를 비롯한 장로들은 귀강시들을 상대하느라 여념이 없었고, 수천에 가까운 교인들이 성 내로 진입하는 강시들에게 대응했지만 일방적인 학살에 가까웠다.

쾅쾅!

무적이나 다름없는 혈강시들이 앞장서서 교인들을 무자비하게 학살하면 강시들이 그 뒤를 따랐다.

쿠르르릉!

먹구름이 껴 있던 어두운 하늘에서 천둥소리가 울렸다.

밝은 빛이 반짝이며 번개마저 내리쳤다.

툭! 투툭! 투투투투! 쏴아아아아!

조금씩 내리기 시작한 빗방울은 거센 폭우가 되어 십만대 산을 뒤덮었다.

성 내로 진입하려는 강시들을 막기 위한 교인들의 혈투에 마교 성 내의 바닥을 적신 것이 빗물인지 핏물인지 구분할 수 없었다.

이것은 무림인의 싸움이 아닌, 괴물과 인간의 싸움 형태가 되어버렸다.

"크크크큭! 크하하하하핫!"

감시탑 위에서 마교인들의 처절한 전투를 바라보는 파란 가 면 이석의 입에서 흡족한 웃음이 끊이질 않았다.

부활하고 나서 피의 대계가 시작되기까지 오랜 시간을 기 다려 왔다.

마교를 시작으로 무림 말살 대계가 이뤄진다.

"어리석은 천마여, 네놈이 이곳에 도착할 때면 마교는 영원 히 무림에서 사라진다. 크하하하하핫!"

혈뇌의 계략에 빠진 천마는 더 이상 있지도 않을 천라지망 을 경계하느라 마교에 혈겁이 닥친 줄도 모를 것이다.

과연 악마의 뇌라고 불리는 혈뇌다운 계책이었다.

혈마와 척을 지고 나서 다시는 보지 못할 거라 생각했는데 명불허전이었다.

강시들에게 유린당하는 마교를 보니 천 년의 한이 풀리는 것만 같았다.

콰르르르르릉!

천둥번개가 몰아치는 폭우 속에서 십만대산과 함께 천 년이라는 유구한 세월을 보낸 마교는 오늘 밤 멸망할 것이다.

고오오오오오!

"응?"

그때 파란 가면의 이석의 눈에 뭔가가 띄었다.

마교의 성 반대편 먼 곳에서 폭우 사이로 거대한 검은 운무가 폭풍처럼 밀려오고 있었다.

폭우로 인한 현상으로 보기에는 그 기세가 심상치 않았다.

어두운 밤하늘에 폭우까지 내려서 시야가 가려지자 대체 저 검은 운무가 무엇인지 정확하게 파악할 수가 없었다.

"대체 저건?"

거대한 검은 운무가 마교의 성 북동쪽을 강타했다.

알 수 없는 거대한 검은 운무가 갈라져 여러 개의 소용돌이 형태가 되더니 이내 많은 무엇인가가 하늘로 솟구치며 공중으로 떠올랐다.

"이, 이럴 수가……!"

그 광경에 파란 가면 속 이석의 붉은 동공이 흔들렸다.

소용돌이에 휩쓸려 허공에 치솟은 것은 다름 아닌 강시들이었다.

더욱 놀라운 것은 허공에 치솟은 강시들에게 검은 운무가 수천 개의 가시가 되어 그들의 몸을 꿰뚫었다.

촤촤촤! 사르르르르!

검은 운무의 가시는 닥치는 대로 강시들을 찔렀고, 핵이 찔린 강시들은 몸이 발화해 순식간에 재가 되어 폭우에 씻겨 나갔다.

눈으로 보고도 믿을 수가 없는 광경에 이석의 붉은 안광이 매섭게 빛났다.

"아니야! 아니야! 그럴 리가 없어!"

이석의 신형이 감시탑에서 튀어 올라 번개처럼 부서진 서문 쪽으로 향했다.

서문의 감시탑에서 보이는 광경이 더 높은 성벽 위에 있는 마교의 수뇌부들에게 보이지 않을 리가 없었다.

강시들을 상대하던 수뇌부들의 입에서 탄성이 흘러나왔다.

"오오오오! 강시들이!"

"이게 대체 무슨 일이오?"

검은 운무의 회오리에 휩쓸린 강시들이 무력하게 떠올라 허공에서 산화했다.

검은 운무에서 느껴지는 것은 끝없는 심연과도 같은 어둠을 담은 마기(魔氣)였다.

"아아아아!"

수많은 강시들로 인해 절망에 빠져 있던 천여휘의 입에서 탄성이 흘러나왔다.

성 반대편에서 보이는 순도 높은 마기가 담긴 저 검은 운무의 회오리를 그가 알아보지 못할 리가 없었다.

그는 확신에 찬 목소리로 읊조렸다.

"그분이다!"

폭우 속에서 멸망의 화신처럼 몰아치는 검은 운무의 회오리가 분산하더니 사방의 성벽으로 뻗어나갔고, 중심이 되는 운무의 회오리가 폭풍처럼 마교의 성 내를 관통했다.

휘리리리리리!!

검은 운무 회오리의 목적지는 성문이 뚫린 서문이었다.

혈강시부터 강시들이 몰려들어 가장 격렬한 격전지인 서문 쪽을 향해 다가오는 거대한 검은 회오리에 사람들이 혼비백산했다.

"회, 회오리바람이다!"

"모두 피해!"

성 내를 관통한 검은 회오리는 격전지의 한가운데를 휩쓸고 지나갔다.

검은 운무의 회오리는 놀랍게도 교인들을 피해 강시들만을 공격하여 그들을 허공에 솟구치게 만들었다.

"크와아아아아아!"

강시들이 짐승처럼 울부짖으며 아등바등했지만 이 거대한 힘을 이겨낼 수는 없었다.

폭우가 내리는 허공으로 수백에 가까운 강시가 떠오른 광경은 그야말로 장관이었다.

검은 운무의 회오리가 가시처럼 날카로워지며 허공에서 아등바등하는 강시들의 몸을 꿰뚫었다.

촤촤촤촤촤! 파스스스!

수백의 강시들 몸에 검은 운무의 가시들이 관통하자 강시들의 몸이 붉게 발화하며 일순간에 재가 되어 흩날렸다.

"이럴 수가! 가, 강시들이 전부?"

순식간에 성 내로 진입한 강시의 절반가량이 단숨에 소멸했다.

"크와아아아아아아!"

이 엄청난 광경에 정신없이 마교인들을 처죽이던 혈강시들이 일제히 움직임을 멈추고 검은 운무의 회오리를 향해 포효를 내질렀다.

검은 가시로 변한 회오리가 교인들과 괴인들이 싸우던 접점으로 다가왔다.

"내, 내려온다!"

"물러나라!"

교인들이 검은 운무의 회오리를 피해서 일사불란하게 물러났다.

휘리리리리리!

검은 운무의 회오리는 정확하게 교인들과 강시들이 갈라진 지점에서 그 격렬한 움직임을 멈추더니 이내 수그러들며 한 지점을 향해 빨려 들어갔다.

"아아아아!"

놀랍고도 신비로운 광경에 이를 지켜보는 마교인들의 입에서 탄성이 흘러나왔다.

검은 운무가 수그러들며 흑색 장포를 입은 한 사내가 모습을 드러냈다.

사내의 모습에 교인들의 눈이 커졌다.

"크와아아아아아!"

그때 혈강시 중 하나가 동료들을 잃은 것에 대해 분노한 듯 포효를 내지르며 그 육중한 거구로 사내에게 달려들었다.

혈강시는 다른 강시들과는 차원이 다른 존재였다.

어떠한 공격도 통하지 않는 금강불괴의 혈강시가 달려들자 교인들이 사색이 되어 피하라고 이구동성으로 소리쳤다.

그러나.

촤아아아악!

날카롭게 뭔가가 베이는 소리와 함께 혈강시의 몸에 선이 생겨나더니 흉측한 머리를 시작으로 몸통이 반으로 갈라져 두 동강이 나고 말았다.

"세상에!"

"베, 베였다!"

지켜보던 교인들이 눈을 크게 뜨며 경악했다.

어떠한 보검이나 보도에도 베일 것 같지 않던 혈강시의 몸이 너무도 쉽게 베어진 것이다.

언제 뽑았는지 사내는 어느새 검은빛으로 물든 검을 들고 있었다.

첨벙!

빗물이 고인 바닥으로 갈라진 혈강시의 시신이 힘없이 쓰러졌다.

그와 동시에 함성이 사방에서 터져 나왔다.

"와아아아아아아아아!!"

흥분의 도가니에 휩싸여 함성을 내지르는 마교인들은 자신들의 앞에 등지고 서 있는 사내가 누구인지 잘 알고 있었다.

마도의 종주이며 천마신교의 본신이자 십만대산의 어버이였다.

절체절명의 위기에 빠진 십만대산 마교에 절대자인 조사 천마가 강림했다.

쏴아아아!

폭우가 쏟아지는 어두운 밤.

마교 성 내 본 단에 자리한 교주 일가 거처.

수천에 가까운 강시들의 습격으로 성 바깥이 어수선해지며 본 단을 지키는 일부 근위 무사들을 제외하곤 대다수의 전력이 비어 있는 상태였다.

소교주까지 전부 나가 있는 상황이었기 때문에 본 단에 남아 있는 교주 일가는 오직 소공녀인 천나연뿐이었다.

콰르르르릉!

그녀 역시도 무인으로서 적을 맞이해 싸우고 싶었지만 오빠인 천여휘의 간곡한 만류에 본 단에 남아 있어야만 했다.

쏴아아아아!

천나연은 본 단 내에 있는 정원의 한가운데로 나와 온몸으로 비를 맞았다.

호위무사들이 달려와 그녀를 실내로 데려가려 했으나 그녀는 완곡하게 자신의 의견을 피력했다.

"모두가 목숨을 걸고 싸우고 있는데 어찌 저 혼자 편하게 있을 수 있나요?"

"그래도 이런 폭우를 맞으면……."

"모두가 비를 맞아가면서 싸우고 있는데 이게 무슨 대수인 가요."

"그렇다면 저희도 함께하겠습니다!"

그 탓에 호위무사들도 같이 비를 맞으면서 그녀의 옆을 지켜야만 했다.

천둥번개가 치는 밤하늘을 바라보며 천나연은 간절하게 빌었다.

'부디 어둠이 가시고 신교에 빛이 스며들길.'

휘이이이이이!

그런 그녀의 간절한 기도가 들리기라도 한 것일까?

폭우가 내리는 성 내 하늘 위로 거대한 검은 운무의 회오리가 몰아치며 그녀가 있는 본 단 위를 관통했다.

"이, 이건……?"

"이런 말도 안 되는 마기는?"

터무니없을 만큼 거대하고 심연에 가까운 마기였다.

마공을 연마하는 교인들조차도 살이 떨려올 만큼 강대한 마기에 정신이 아득해질 정도였다.

두려워하는 그들과 달리 검은 운무를 바라보는 천나연의 얼굴이 환해졌다.

'조사 어른, 조사 어른께서 오신 거야!'

무림에서 이런 마기를 가진 사람은 오직 단 한 사람뿐이었
다.

마도의 종주이자 십만대산의 진정한 주인이 마교로 복귀한
것이다.

그가 돌아왔다면 더 이상의 걱정은 무의미했다.

그러나.

촥촥!

"컥!"

본 단의 주위를 지키는 무사들이 목이 베여 비명조차 지르
지 못한 채 차가운 주검이 되고 말았다.

수십 명에 가까운 복면인들이 나타나 조용히 근위무사들
을 처리하고 있었다.

이를 모르는 그녀는 천마의 등장에 환희에 차서 기쁨을 만
끽하고 있었다.

한편, 마교 성의 서문 쪽은 조사 천마의 등장으로 인해 분
위기가 반전되었다.

"와아아아아아!!"

폭우 소리조차 묻힐 만큼 거대한 함성.

환호를 지르며 열광하는 교인들을 향해 천마가 짜증 섞인
목소리로 소리쳤다.

"지랄들 떨지 말고 남은 강시들을 전부 죽여라!"

"충!"

그의 거친 표현에도 불구하고 교인들은 사기가 올라 강시들에게 달려들었다.

전장에 있어서 사기는 전황을 바꿀 만큼 승기에 영향을 미친다.

그들은 하나의 종교 집단이기에 숭상하는 존재가 나타나자 죽음에 대한 공포를 잊었다.

"크와와와와!"

"죽어랏!"

두려움이 사라진 교인들의 검에는 망설임이 없었다.

강시들을 무차별적으로 난도질하자 가슴의 정중앙이나 머리를 베었을 때 강시들이 발화하며 재가 되는 것을 발견할 수 있었다.

"강시들의 머리와 가슴을 공격해라!"

"놈들이 약점은 머리와 가슴이다!"

죽지 않는 적이라고 여겼을 때는 공포스러웠을지 몰라도 그 약점이 드러나면 상황은 반전된다.

강시들의 약점을 알게 되자 교인들은 빠르게 강시들을 소멸시켜 나갔다.

그 모습에 밖에서 강시들을 조종하는 복면인들이 당혹감을 감추지 못했다.

"강시들의 숫자가 급격히 줄어들고 있습니다."

"크윽! 마교 놈들이 강시들의 약점을 발견했군."

핵이 끊임없이 유동하는 혈강시와 귀강시를 제외한 일반 강시들은 그 약점을 알고 나면 무림인들에게 있어서 물리는 것만 주의하면 쉽게 제거할 수 있는 약체에 불과했다.

하지만 이것은 이미 처음부터 예측한 부분이었다.

"크큭, 그렇다면 제사계를 발동한다."

"하지만 지금 성 내로 이석께서 들어가셨는데……."

"그분께서는 미리 준비해 두셨으니 걱정 말고 실시해라."

"알겠습니다."

착!

복면인이 보라색 깃발을 들자 대기하고 있던 검은 두건을 쓴 자들이 기다렸다는 듯이 마교의 성을 향해 돌진했다.

성벽 위에서 강시들을 제거해 가고 있던 소교주 천여휘가 이를 발견했다.

'저들은 뭐지?'

움직임이 부자연스러운 강시들과는 다른 놈들이었다.

마냥 달려오는 것이 아니라 분명 경공을 펼치면서 성으로 다가오고 있었다.

이에 불안함을 느낀 천여휘가 소리쳤다.

"궁수대는 저놈들이 성으로 다가오지 못하게 하라!"

"넵!"

성벽 위로 기어오른 강시들을 상대하고 있던 궁수대의 일부가 활의 시위를 당겨 두건을 쓴 자들에게 날렸다.

촤촤촤촤!

날아오는 화살에 두건을 쓴 자들이 경공을 펼치며 이를 피했다.

화살을 정확히 보고 피하는 것으로 보아 그들은 절대로 강시가 아니었다.

이에 더욱 많은 궁수대가 그들을 막기 위해 연거푸 활을 쏘았다.

팍!

"크헉!"

그때 두건인 중 한 명이 화살을 맞고 말았다.

화살을 맞은 두건인이 바닥으로 쓰러지더니 온몸을 뒤틀며 경련을 일으켰다.

그 순간 쓰러진 두건인의 몸이 발화되며 거대한 폭발을 일으켰다.

퍼퍼퍼펑!

갑작스럽게 일어난 폭발에 성벽 위 교인들의 움직임이 일순간 멈추며 그곳으로 시선이 향했다.

폭우로 인해서 폭발의 위력이 그리 크진 않았지만 서커먼 연기가 사방으로 퍼져 나갔다.

문제는 그 연기에 있었다.

"서, 설마?"

교주 천극염의 두 동공이 흔들리며 그의 머릿속에 마교의 대전 내에서 일어난 폭발이 스치고 지나갔다.

분명 그때도 그 문신을 한 남자의 몸이 폭발하면서 독기를 품은 연기가 대전 전체를 휩쓸어 수뇌부가 전부 중독되고 말았다.

"궁수대는 저놈들이 절대로 성으로 다가오게 해선 안 된다! 기필코 막아라!"

천극염의 외침에 성벽 위에서 강시를 상대하던 궁수대가 일제히 활을 들어 두건인들을 향해 쏘았다.

강시들을 막는 것 이상으로 위험한 것이 저 폭발을 일으키는 독인이었다.

촤촤촤촤촤!

수백에 가까운 화살이 두건인들을 향해 비처럼 쏟아졌다.

두건인들이 경공을 펼치면서 왔지만 화살의 양이 많아지자 이를 맞을 수밖에 없었다.

파곽! 퍼퍼퍼펑!

화살에 맞은 두건인들이 바닥에 쓰러지며 폭발을 일으켰다.

폭발이 일어나는 마교 성의 서문 앞은 말 그대로 전쟁터를
방불케 했다.

"너, 너무 많아!"

콰득!

"크아아악!"

화살을 쏘느라 무방비 상태가 된 궁수대를 강시들이 덮쳤
다.

궁수대가 전부 화살을 쏘는 데 집중해도 막을까 말까 한
상황에 성벽 위로 기어오른 강시들을 상대하면서 막아내는
것은 무리가 있었다.

결국 성벽 위로 아홉 명의 두건인이 도착했다.

"이놈들이 어딜 감히!"

성벽 위로 올라온 두건인들을 향해 오맹추가 도강을 날렸
다.

그의 도에서 나온 강렬한 도강이 서슬 파란 예기를 내뿜으
며 그들에게 쇄도했으나 불행히도 폭발을 촉진하고 말았다.

콰콰콰콰쾅!

성벽에 올라오던 두건인들이 도강에 몸이 갈라지며 일제히
폭발했다.

폭발로 인해 성벽의 일부가 무너져 내렸다.

그렇게 막으려고 애를 썼지만 폭발이 연쇄적으로 일어나면

서 순식간에 성벽 위가 검은 연기로 뒤덮었다.

"크하하하하하핫! 성공이구나!"

이를 지켜보던 이석의 부관이 통쾌하다는 듯이 웃었다.

폭우 탓에 연기가 성 전체로 뻗어나가는 것은 힘들어 보였지만 대다수 마교의 전력이 성벽 근처에 몰려 있으니 상황은 끝이었다.

"크크큭, 강시는 이 독을 위해서 준비된 것이나 마찬가지다, 어리석은 마교 놈들아."

그의 말대로였다.

검은 연기 사이로 보이는 강시들의 움직임은 여전히 활발했다.

육신을 단번에 녹일 만큼 부식성이 강한 독기가 아니고는 강시들은 독에 아무런 영향을 받지 않았다.

"성공했구나."

성벽 쪽에서 피어오르는 검은 연기를 바라보며 파란 가면의 이석이 흡족해했다.

폭우가 내릴 것은 예측하지 못했지만 저 정도 폭발이라면 적어도 서문 근처에 있는 마교인들과 교주, 수뇌부를 쓸어버리기엔 충분하다.

"이제 우리는 마지막 오계를 달성한다."

혈뇌가 그들에게 준 계책은 총 다섯으로 제사계까지는 마교를 멸하는 목적을 가졌다면 마지막 오계는 기존의 것과 달랐다.

오직 단 한 사람을 납치하는 데 기인한다.

본 단을 지키는 근위무사들을 전부 죽인 그들은 이미 내부로 들어와 호위무사들을 죽이고 있었다.

이날을 위해 준비된 복면인들은 암살에 특화된 자들이었다.

본 단 내에 있는 정원에는 호위무사 몇 명과 천나연이 복면인들을 상대하느라 정신이 없었다.

'제법이군.'

비록 암살에 특화된 자들이라고 해도 복면인들은 무위가 약한 자들이 아니었다.

그런 그들이 아직까지 천나연을 제압하지 못했다는 것은 그녀의 무공 실력이 낮지 않다는 것을 의미했다.

포로로 잡힌 굴욕적인 사건 때문에 그녀는 마교로 복귀하면서 악에 받쳐서 무공을 연마했다.

천하절색이라 불리는 그녀가 빗속에서 검을 휘두르는 모습은 매우 아름다웠다.

그 모습에 파란 가면의 이석의 마음이 잠시 동할 정도였다.

그러나.

푹!

날렵한 그녀의 검이 복면인의 머리를 꿰뚫었다.

벌써 네 명에 이르는 복면인이 그녀에게 죽임을 당해 차가운 주검이 되고 말았다.

"멍청한 놈들."

그때 이석의 신형이 그림자처럼 그녀에게로 파고들어 목덜미를 내려쳤다.

픽!

"아아……!"

털썩!

아무리 무공이 진일보한 그녀라고 해도 이석과 비교한다면 어른과 아이의 차였다.

반 각 가까이나 그녀를 제압하지 못한 복면인들이 부끄럽다는 듯이 이석의 앞에 고개를 숙였다.

"고작 계집을 상대로 쩔쩔매다니! 홍!"

파란 가면의 이석이 몸을 돌리자 복면인들이 그녀를 들쳐메고 뒤를 따랐다.

혈뇌의 제오계를 달성한 이상 마교에서의 볼일은 이제 끝났다고 볼 수 있었다.

'그놈이 눈치채기 전에 성을 빠져나가야 한다.'

북동쪽에서 나타난 그 검은 운무의 정체는 분명 천마일 것이다.

강시의 수가 많다고는 하나 그 말도 안 되는 힘을 보아선 북동쪽 성벽에 있는 강시들을 전부 처리하기까지 그리 오랜 시간이 걸리지 않을 것이다.

그전에 독기가 퍼져 전부 죽었을 서문을 활로로 삼아 빠져나가야 했다.

이석과 복면인들은 서둘러서 서문으로 향했다.

그러나 서문에 도착한 이석은 눈앞에 벌어진 광경에 두 눈이 커지며 당혹감을 감추지 못했다.

"이, 이게 대체……."

쏴아아아아!

폭우로 인해서 눈이 잘못된 게 아닌가 싶었지만 아니었다.

분명히 전멸했어야 할 수천 명에 이르는 마교인들이 부서진 서문 앞에 운집해 있는 것이 아닌가.

더군다나 그 앞에는 교주 천극염을 비롯한 수뇌부들이 무서운 눈빛으로 그를 기다렸다는 듯이 검을 빼 들고 서 있었다.

'분명 독에 중독되어서 강시들에게 죽었을 텐데 어떻게……?'

도저히 이해할 수가 없었다.

이 계획을 들었을 때 너무 완벽했기 때문에 절대로 실패할 수 없을 거라 여겼다.

강시와 독이 조합되어 마교를 멸망의 구렁텅이로 몰아넣을 거라고 확신했는데 도저히 믿을 수가 없었다.

"왜, 놀랐냐, 이 새끼들아?"

투, 투툭!

그때 이죽거리는 목소리와 함께 파란 가면의 복면인 앞으로 뭔가가 굴러 떨어졌다.

그것은 금강불괴의 괴물이라 불리는 혈강시들의 머리통이었다.

'혀, 혈강시들을 죽이다니?'

복면인들의 두 눈이 커졌다.

하지만 죽은 혈강시보다도 더욱 두려운 것은 자신들의 뒤에서 들려오는 살기 어린 목소리였다.

파란 가면의 이석이 온몸을 부들부들 떨면서 천천히 고개를 돌렸다.

"처, 천마!!!"

복면인들의 뒤편에는 천마가 검게 물든 현천검을 들고 상상을 초월하는 살기를 내뿜으며 서 있었다.

폭독인(爆毒人).

이들은 혈교에서 만들어내 스스로의 몸을 폭발시켜 독을 퍼뜨리는 자폭 부대였다.

단 한 명이 폭발하는 것만으로도 마교 대전을 쑥대밭으로 만들고 수뇌부 전체를 중독시킬 만큼 그 폭발과 독의 위력이 엄청났다.

한 명조차도 이러할진대 아홉 명이 폭발한다면 그 위력은 마교 성 내 절반에 독 연기가 퍼져 나갈 만큼 광범위했을 것이다.

그러나 공교롭게도 폭우로 인해서 그 위력이 낮아지면서 마교의 서문 근방에만 연기가 퍼져 나가지 못했다.

"서문에 있는 마교 놈들을 전부 제거해라."

그것만으로도 충분했다.

서문 쪽에는 마교의 교주인 천극염을 비롯해 핵심 수뇌부가 있었다.

그들만 제거해도 마교는 실질적으로 그 힘을 잃는다고 해도 과언이 아니었다.

"크와아아아!"

독 연기가 사방을 메우자 강시들이 기다렸다는 듯 교인들을 향해 달려들었다.

독 연기에 영향을 받지 않는 강시들이었기에 폭독과의 궁합은 적을 몰살시키는 데 최고라고 할 수 있었다.

하지만 혈교의 복면인들이 예상하지 못한 사태가 발생했다.

촤아아악!

시야가 가려진 연기 속에서 베이는 소리가 난무한 것이다.

이것은 명백하게도 강시들이 사람을 물어뜯는 소리와 달랐다.

이윽고 폭우로 인해서 연기가 전부 흩어졌을 무렵 성벽 위의 상황엔 반전이 일어나 있었다.

대다수의 강시가 죽고 몇몇 남은 귀강시들을 마교인들이 사살하고 있는 것이 아닌가.

"이게 대체 무슨 일이야? 어떻게 저들이 멀쩡한 거지?"

"모, 모르겠습니다! 분명 폭독에 당했을 텐데."

아무리 폭우가 내린다고 해도 연기를 직격으로 맞은 마교인들은 중독되어서 쓰러지거나 운기가 원활하지 못해 강시들에게 죽임을 당해야만 했다.

그러나 마교인들은 독기에 전혀 영향을 받지 않았는지 무차별적으로 강시들을 제거해 나가고 있었다.

"이럴 수가……!"

독 연기에 멀쩡한 마교인들은 오히려 시야를 가려준 것이 도움이 되었다.

오직 시각, 청각, 후각 등과 같은 기본적인 오감에만 의존하는 강시들과 달리 무공을 익힌 무인들은 기척, 혹은 기를 구분할 수 있었다.

살아 있는 생명체가 아닌 강시들은 생기(生氣)가 없기에 연기 속에서 사람과 구분하기가 쉬웠던 것이다.

그때였다.

"후우, 여기 있었군요."

"앗?"

탁탁!

그들이 당황해하는 사이 감시탑 위로 수많은 마교인들이 모습을 드러냈다.

그 중심에는 현화단주 매선화와 일 장로 오맹추가 있었다.

이석의 부관인 붉은 혁대의 복면인이 자신들을 발견해 낸 마교인들을 노려보며 물었다.

"어떻게 살아남은 거지?"

"흥! 네놈들 따위한테 그런 것을 가르쳐 줄 성싶으냐?"

배후에 숨어서 강시들을 조종한 흑막을 찾게 된 오맹추는 어서 빨리 이들의 목을 베고 싶은 심정이었다.

"잠시만요, 일 장로님."

매선화가 분노를 토해내는 일 장로를 만류했다.

사실 이들을 찾아낸 데는 매선화의 공이 컸다.

성벽 위에서 교인들이 목숨을 바쳐 강시들을 막는 동안 매선화는 현화단원들을 이끌고 성 주위를 돌면서 강시를 조종하는 복면인들을 찾아냈다.

'교주님께서 눈치채지 않았다면 알지 못했겠지만.'

인육을 탐하고 사나운 짐승처럼 움직이는 강시들이다.

하지만 제멋대로일 것 같은 강시들의 행동에는 일정한 법칙이 있었다.

마치 훈련받은 병사들처럼 단체로 움직이는 것에 의아함을 느낀 천극염은 매선화에게 명해서 강시들을 조종하는 자들을 찾게 했다.

"꽤 놀랐나 보군요. 우리가 독에 중독되지 않아서."

"큭!"

"대전 내에 그렇게 크게 독을 터뜨려 놓고 본 교에서 그에 대한 방비를 하지 않았을 거라 생각하다니 오산이군요."

매선화의 의미심장한 말에 부관의 두 눈이 흔들렸다.

설마 마교 대전에 폭독을 퍼뜨린 진정한 주체가 자신들임을 눈치챌 줄은 몰랐던 탓이다.

'이석께서 직접 보셨다고 했는데……'

백타산장에서 서독황을 제거하려는 데는 실패했지만 이석의 눈으로 직접 천마와 서독황이 싸우는 것을 목격했기에 계획이 성공했다고 여겼다.

그러나 지금 이들이 멀쩡한 것을 보니 분명 서독황이 해독제를 준 것이 틀림없었다.

"서독황 이놈……."

"웃기는 작자로군요. 뒤에서 암계를 펼쳐서 본 교를 어찌할수 있다고 생각하다니 역시 오산입니다."

그 말과 함께 매선화가 손을 들자 교인들이 일제히 이석의부관과 복면인을 향해 달려들었다.

"흥!"

이에 부관의 붉은 안광이 번뜩이며 그를 향해 달려든 교인들이 일도에 반 토막이 나고 말았다.

"나를 어지간히도 우습게 보았구나, 마교인들이여!"

이석의 부관인 그는 혈교의 백팔 대주 중 일인으로 화경의고수였다.

그의 도에 깃든 붉은빛의 도강을 보며 오맹추의 입꼬리가올라갔다.

검이 주류가 되어버린 무림에서 도를 쓸 줄 아는 고수는 손에 꼽을 정도로 적기에 기쁜 모양이었다.

"제법 도를 다룰 줄 아는구나."

"애송이가 누구더러 도를 다룰 줄 안다고 하는 것이냐!"

오맹추의 말은 천 년 전에 활동한 혈교의 고수인 그를 모독하는 말이었다.

이석의 부관의 도가 사선으로 궤적을 그리며 오맹추에게
쇄도했다.

챙!

오맹추가 도로 원을 그리며 그의 일초를 막아냈다.

두 사람의 도가 부딪치자 강한 기압이 일어나며 일순간 그
들 주위에 폭우처럼 내리던 빗방울이 튕겨져 나갔다.

파팡!

"윽!"

감시탑 위에 있던 매선화가 파동에 밀려나 밑으로 떨어졌
다.

아래에서 대기하고 있던 교인들이 허둥지둥 떨어지는 그녀
를 받아냈다.

"괜찮으십니까, 단주?"

"괜찮아요."

그녀가 위를 쳐다보니 감시탑 위에서 두 화경의 고수가 치
열하게 일전을 벌이고 있었다.

누군가가 끼어든다는 것은 언감생심일 만큼 그 여파가 컸
다.

남은 것은 일 장로 오맹추가 무사히 그를 제압하는 일이었
다.

"일 장로가 저자를 잡을 동안 강시를 조종하는 복면인들을

전부 제거하세요."

"충!"

매선화의 명에 교인들이 일제히 흩어져 성 주위에 있는 복면인들을 공격했다.

덕분에 강시들에 대한 조종이 풀리면서 그 군집력이 일그러져 성벽 위와 성 내에 있던 교인들이 강시들을 상대하는 것이 한결 편해졌다.

오맹추를 상대하던 이석의 부관은 패색이 짙은 전황을 어찌해 볼 수 없음을 느꼈는지 싸움을 멈추고 그대로 도망가 버렸다.

그렇게 서문 쪽에 있는 강시가 전부 정리될 무렵 이석이 나타났다.

백타산에서 하마터면 천마에게 영멸(靈滅)당할 뻔한 이석은 그의 등장에 두려움을 감추지 못했다.

"천… 마!!"

"죽은 줄 알았는데 잘도 살아 있군."

분명 백타산에서 직접 손을 써서 그 육신을 파괴시켰다.

적어도 부활한 혈교인을 상대할 때만큼은 원영신의 기운을 끌어내 영멸시키는 천마였다.

천마가 눈의 원영신을 개방해 그를 살폈다.

이석의 육신 한가운데에 혈마기가 가득한 붉은 혼(魂)이 보였다.

'놈이 맞군.'

가면 속의 얼굴은 드러나지 않았으나 분명 그때 느낀 그 혼이 틀림없었다.

아무래도 혈마에게 육신을 넘겨줄 때 혼을 옮긴 듯했다.

"뭐, 상관없다. 또 죽일 수 있는 기회가 생겼으니 좋군. 수작을 부렸으니 대가는 치러야지."

고오오오오!

상상을 초월하는 살기는 이석뿐만이 아니라 복면인들의 심장까지 옥죄었다.

상황이 급변했음을 느낀 복면인들이 들쳐 메고 있던 천나연을 내려서 그 목에 단검을 가져다 댔다.

"더, 더 이상 다가오면 소공녀는 죽는다."

그녀의 가녀린 목에 날카로운 단검이 다가가자 교주 천극염의 얼굴이 무섭게 일그러졌다.

강시들로 전쟁을 일으킨 와중에 딸인 천나연을 납치할 줄은 몰랐다.

"감히 내 딸을 건드리다니 살아서 돌아갈 수 있을 것 같으냐!"

천극염이 노기를 터뜨리자 좌중에 있는 마교인들의 기세가 심상치 않았다.

수천 명에 이르는 마교인들에게서 느껴지는 살의에 복면인들은 어찌할 바를 몰라 파란 가면을 쓴 이석의 눈치를 보았다.

"천마, 경고한다. 이대로 놓아주지 않는다면 소공녀의 목숨은 없다."

"그, 그만둬!"

푹!

그녀의 목에 단검 끝이 파고들었다.

폭우에 상처에서 흘러내리는 핏방울이 금방 씻겨 내려갔지만 충분히 위협은 되었다.

분노에 치를 떨면서도 천극염은 딸을 잃을지 모른다는 두려움에 입을 연 채로 어쩔 줄 몰라 했다.

"길을 터라!"

자신의 협박이 통한다고 생각한 이석이 서문을 막고 있는 마교인들에게 소리쳤다.

복면인들이 긴장한 눈빛으로 서문 쪽을 바라보았다.

고조된 분위기 속에 교주인 천극염이 떨리는 손을 들어 올리자 서문을 가로막고 있던 교인들이 일사불란하게 양옆으로 갈라져 길을 만들었다.

우르르!

내심 천마가 있었기 때문에 협박이 통하지 않을지도 모른다고 생각한 이석은 안도의 숨을 내쉬었다.

'그래도 제 후손은 끔찍이 여기나 보… 어?'

그런데 그의 눈에 비치는 천마의 표정이 예상과 너무도 달랐다.

마치 한심하다는 눈빛으로 교주 천극염을 바라보더니 고개를 절레절레 저었다.

"쯧쯧."

천극염으로서는 딸을 구하기 위한 궁여지책이었지만 천마의 눈에는 마교라는 거대한 단체의 수장으로서 그야말로 실격이었다.

천마가 이석이 있는 곳을 향해 천천히 걸어갔다.

첨벙첨벙!

바닥에 고여 있는 빗물을 밟고 걸어오는 소리마저 크게 들릴 만큼 공포에 사로잡힌 복면인들의 손에 힘이 들어갔다.

"다, 다가오지 마!"

"개소리 지껄이지 마라. 누가 네놈들을 보내준다고 했느냐?"

천마가 그런 복면인들을 향해 검지를 휘저었다.

그러자 단검을 쥐고 있던 복면인의 손이 멋대로 움직이더니 이내 쥐고 있던 단검이 그들의 가슴에 박혀 버렸다.

푹!

"크헉!"

"제기랄! 그년의 목을 쥐어!"

파란 가면의 이석이 놀라서 소리쳤다.

동료의 어이없는 죽음에 당황해하던 남은 복면인들이 이석의 일갈에 재빨리 천나연의 목을 움켜쥐려고 했다.

그러나 천마가 다시 검지를 휘두르자 바닥에 고여 있던 빗방울이 튀어 올라 검의 형태로 바뀌더니 산탄처럼 복면인들의 몸을 꿰뚫었다.

파파파파파팡!

첨벙! 첨벙!

빗물로 만든 검기에 꿰뚫린 복면인들이 단숨에 목숨을 잃고 빗물이 고인 바닥에 쓰러졌다.

"이, 이럴 수가……!"

빗물마저 검기로 바꾸어 버린 천마의 놀라운 능력에 이석의 눈에 경악이 서렸다.

대자연의 기운마저도 검기로 바꿀 수 있는 것은 오직 대연경의 경지에 오른 절대 고수만이 가능한 신기였기 때문이다.

"대연경의 경지? 어떻게 이런 일이……."

천 년 전에 혈교가 멸망할 당시 천마의 무위는 현경의 경지였다.

다시 부활한다고 해도 그 힘을 회복하는 데 상당한 시간이 걸릴 거라고 여겼다.

그런데 그가 오히려 과거에 기억한 모습보다도 훨씬 강한 무위를 지니고 있자 온몸에 전율이 일어났다.

'마, 마교를 멸망시키게 되면 천마도 쉽게 해결할 수 있다고 생각했는데… 오산이었구나. 마교가 문제가 아니야.'

이석은 자신을 비롯한 혈교의 수뇌부들이 착각하고 있음을 깨달았다.

마교의 전력에 천마가 포함되는 것이 아니었다.

오히려 천마라는 절대적인 존재가 마교의 전력 그 자체였다.

무림에서 단 세 명만이 도달했다고 알려진 대연경의 경지.

무림인들은 이 경지를 막연하게 절대적이라 판단하고 있지만 실상 대연경의 경지란 무(武)로서 우화등선을 하기 위한 입문의 경지라고 할 수 있다.

대자연, 혹은 세계의 본질을 깨닫게 됨으로써 이에 영향을 미칠 수 있게 된다.

파란 가면의 이석은 천마의 빠른 성장에 경악했지만, 이것은 이미 반선으로서 원영신을 단련한 천마였기에 가능한 일이었다.

획!

천마가 손으로 잡아당기는 시늉을 하자 바닥에 쓰러져 있던 천나연의 몸이 허공으로 떠올라 그를 향해 날아왔다.

"와아아아아아!!"

붙잡혔던 천나연을 탈환하자 수천 명에 이르는 마교인들이 함성을 질렀다.

이제 강시들을 이끌고 와서 마교를 침공한 저들의 우두머리를 처단하는 일만 남았다.

빠득!

파란 가면의 이석이 분했는지 이를 갈았다.

패배가 확실해진 전황 속에서 적진에 갇혀 있는 자신이 벗어날 수 있는 방법은 오직 하나뿐이었다.

'또다시 육신을 버려야 한단 말인가.'

이석은 가장 오랜 시간 동안 단련해 온 육신을 버리고 새로운 육신을 얻었다.

그나마 쓸 만한 육신을 미리 준비해 둔 탓에 백타산에서는 망설임 없이 육신을 포기했지만 지금은 달랐다.

'더 이상 쓸 만한 육신이 없는데… 제기랄!'

절로 욕이 나오는 상황이었다.

그렇다고 여기서 잡혀 버리면 금제로 인해 영멸할지도 몰랐다.

이제 그에게 남은 방법은 오직 하나뿐이었다.

분하지만 살아야만 다음을 기약할 수 있었다.

"이 수모는 꼭 갚아주마, 천마!"

그 말을 끝으로 이석의 붉은 안광이 강렬하게 빛나며 그의 전신에 경련이 일어났다.

육신의 자폭을 시도하려는 것이다.

"누가 네놈을 또 보내준다고 했냐?"

한 번 놓친 적을 두 번 놓칠 생각은 없는 천마였다.

천마의 신형이 번개처럼 튀어 올라 이석의 목을 향해 패도적인 일검을 날렸다.

그 순간 누구도 예상하지 못한 일이 일어났다.

챙!

"응?"

짧은 찰나의 순간 천마의 눈빛에 의아함이 스며들었다.

이석의 목에 일검이 채 닿기 전에 누군가 나타나 천마의 일검을 막아낸 것이다.

그러나 천마의 심후한 공력을 이기지 못하고 일검을 막은 자의 몸이 옆으로 날려가 버렸다.

"크윽!"

콰쾅!

그 위력은 그자의 몸이 날려가면서 바닥이 부서질 정도로 강력했다.

천마는 자신의 검을 막고 날려간 녀석보다도 언제 나타났는지 모를 이석의 주위를 둘러싸고 있는 네 명의 은색 가면 남자들에게 시선이 갔다.

"뭐냐, 네놈들은?"

폭우 속에서 오직 이석에게만 신경을 썼다지만 천마조차도 그들이 모습을 드러내기 전까지는 그 기척을 미처 파악하지 못했다.

천마에게서 존재를 숨기려면 적어도 화경의 경지 이상이어야 가능하다.

이석은 그들을 알고 있는지 안도의 눈빛으로 반색했다.

"아아, 귀하들이 오다니… 그분께서……."

타타탁!

이석의 말이 끝나기도 전에 은빛 가면 중 한 명이 그의 혈도를 제압해서 기절시켰다. 그리고는 이석을 어깨에 들쳐 멨다.

"지금 뭐 하는 짓이지?"

"그대는 우리에 대해 알 것 없다."

"하아, 이놈이고 저놈이고 할 것 없이 제멋대로군."

천마는 그들이 이석을 데리고 탈출하려고 의도가 있다고 판단되자 더 이상의 질문을 삼갔다.

어차피 쓰러뜨려서 제압한 뒤에 물어봐도 늦지 않았다.

천마의 신형이 빠르게 파고들어 검초로 그들의 요혈을 찔러
들어갔다.

채채챙!

놀랍게도 은색 가면의 세 존재는 천마의 검초에 당황하지
않고 신중하게 막아냈다.

천마의 눈이 이채를 띠었다.

그들이 검을 빼 들어 펼치는 초식들은 하나같이 고명한 절
초라 할 수 있었다.

"이럴 수가! 조사님의 검을 막다니?"

지켜보는 마교인들 역시도 놀라움을 감추지 못했다.

여태까지 어떠한 적도 천마의 검을 제대로 막지는 못했
다.

물론 완전히 막은 것은 아니었다.

"큭!"

천마는 그들이 검초를 막아내자 빠르게 변초를 써서 그들
의 절초를 파훼하려 했다.

하지만 동시에 세 명의 절초를 파하지는 못했고, 가장 근접
해 있는 두 명만이 초식이 파훼되어 각각 왼쪽 허벅지, 오른쪽
어깨 등에 검이 찔리고 말았다.

"과연 전설로만 듣던 검술 실력이로군."

오른쪽 어깨가 찔린 남자의 입에서 감탄이 흘러나왔다.

반면 왼쪽 허벅지를 찔린 남자는 꽤나 분노했는지 몸에서 굉장한 살기가 뿜어져 나왔다.

'앞의 두 명의 실력은 비등하고 뒤의 녀석은 내 검초를 거의 완벽하게 막아냈다.'

단 한 초식의 대결만으로도 그들의 실력을 파악한 천마였다.

세 명 중에서는 뒤쪽에 서 있는 은색 가면의 남자가 가장 높은 무위를 지녔다.

"조사 어른!"

그때 천여휘가 다급한 목소리로 외쳤다.

그와 동시에 천마의 옆으로 패도적인 도강이 쇄도해 왔다.

도강을 날린 자는 처음에 천마의 일격을 막아낸 그 은색 가면의 남자였다.

"음?"

촤악!

천마는 기습적인 도강에 당황하지 않고 침착하게 현천검에 마기를 담아 이를 베어냈다.

도강이 갈라지면서 그 사이로 은색 가면의 남자가 천마의 하단부로 쾌속한 일도를 날렸다.

탁! 픽!

"크헉!"

천마가 가볍게 뛰어올라 일도를 피한 뒤 은색 가면 남자의 턱을 걷어찼다.

턱을 얻어맞은 남자가 무방비로 허공에 떠오르자 그의 심장을 향해 일검을 찔렀다.

"누가 내버려 둘 것 같으냐!"

그러나 그것은 허벅지를 찔린 은색 가면 남자의 검이 천마의 등을 노리면서 저지되고 말았다.

챙!

천마는 짧은 찰나에 몸을 틀어서 그의 검을 막아냈다.

공력에서 단락의 차이가 있었기에 은색 가면 남자의 몸이 도리어 튕겨 나갔다.

'공력에서 밀리는군.'

분명 이들보다 천마의 공력이 현저히 높은 건 맞지만 그래도 이들의 무위 또한 보통이 아니었다.

검이나 도를 다루는 실력은 거의 무림에서 수위에 꼽힌다고 해도 과언이 아닐 만큼 뛰어난 초식을 보이고 있었다.

'이상하군.'

천 년 전 수많은 대결을 통해 천마가 겪어보지 않은 무공은 없다고 해도 과언이 아니었다.

그런데 이들의 초식은 하나같이 처음 보는 것들이었다.

다만 천마가 이상하게 느끼는 것은 처음 보는 초식이었음에도 불구하고 매우 익숙하게 느껴진다는 점이다.

[이곳은 그대들에게 맡기도록 하지.]

세 명의 은색 가면 존재들이 천마를 상대하자 뒤에 서 있던 다른 두 명이 몸을 돌려 이곳을 빠져나가려 했다.

"누가 가게 내버려 둘 것 같으냐!"

빠져나가려고 하는 그들을 마교인들이 가로막았다.

교주인 천극염을 필두로 한 마교인들이 가로막자 은색 가면의 존재가 잠시 멈칫하더니 이내 몸을 돌려 다른 방향으로 도주를 시도했다.

"서랏!"

일 장로 오맹추와 장로들이 경공을 펼쳐서 그들을 잡으려 했다.

은색 가면의 존재가 우습다는 듯이 가볍게 검을 휘둘러 검강을 날렸다.

깡!

오맹추 역시도 도강을 형성해 이를 막아냈지만 그 위력이 어찌나 강한지 선혈이 솟구쳤다.

"크흑!"

선혈이 흘러내리는 와중에도 오맹추는 경악할 수밖에 없었다.

그가 검강을 막는 사이에 오 장로, 팔 장로가 은색 가면의

존재에게 각자의 절초를 펼쳤으나 그들은 이를 가볍게 막아내
더니 오히려 단 한 초식으로 두 장로를 격퇴시켰다.

"크헉!"

첨벙!

일 초식에 부상을 입은 두 장로가 빗물이 고인 바닥에 쓰러
졌다.

믿을 수 없을 정도로 고명한 검술 실력을 가진 고수였다.

"막아라! 저들을 잡아야 한다!"

"와아아아아!!"

마교인들이 몰려들어 그들을 막으려고 했다.

하나 이미 그들은 비어 있는 성벽을 경공으로 뛰어넘어 사
라져 버렸다.

"아뿔싸!"

채채채채챙!

그런 와중에도 천마는 남아 있는 세 명의 은색 가면의 존재
들과 격렬하게 겨루고 있었다.

이들의 합벽은 천마조차도 방심하기 힘들 만큼 교묘하게
맞아들어 갔다.

강한 초식에는 부드러움으로, 부드러운 초식에는 강하게 대
응하며 그들은 침착하게 천마의 검을 막아냈다.

'정말 대단하구나. 괴물은 괴물이야.'

세 명의 은색 가면은 내심 감탄을 금치 못했다.

종사급의 고수 세 명이 동시에 합공하는 데도 천마의 몸에 생채기조차 내지 못하고 있었다.

채채채채챙!

천마가 검을 다루는 실력은 가히 신의 경지에 이르렀다고 해도 과언이 아니었다.

수십 초식을 겨룸에도 불구하고 천마는 여태까지 한 번도 같거나 비슷한 검초를 펼친 적이 없었다.

파팡!

그때 천마의 검이 검게 물들며 강한 반탄력이 생겨나 그들이 일제히 튕겨져 나갔다.

그들의 검과 도에는 전부 강기가 실려 있었는데 반탄력에 튕겨 나가는 순간 공력의 응집이 흩어지려 했다.

"이건?"

천마의 검게 물든 현천검에서 한없이 어둠에 가까운 마기가 물씬 풍겨 올랐다.

세 명을 동시에 상대하는 것이 지체되자 현천강기로 빠르게 승부를 내려는 것이다.

"처음부터 이 힘을 발휘했다면 더 쉬웠을 텐데 우리를 가볍게 보았구려."

어깨에 상처를 입은 은색 가면의 남자 말에 천마는 아무

대답도 하지 않았다.

사실 내색은 하고 있지 않았지만 천마는 수많은 강시들과 혈강시를 없애기 위해 이미 십삼 단공의 현천신공을 운용하면서 대부분의 마기를 소진했다.

십삼 단공의 현천신공 정수를 모은 것이 바로 현천강기였다.

이를 운용하기 위해서 검초로 대결하면서 끊임없이 마기를 회복하고 있었던 것이다.

'이 할 정도 회복되었지만 충분하다.'

만전 상태의 이 할에 불과했지만 일각 정도의 시간 동안 현천강기를 펼칠 수 있을 만큼은 되었다.

"네놈들이야말로 원래의 실력대로 하지 그래?"

"그게 무슨 소리요?"

"어설픈 연기는 작작 하시지."

"뭐요?"

"무림에 알려지지 않은 생소한 검초를 펼친다고 내가 눈치채지 못할 거라 생각했나?"

천마의 의미심장한 말에 은색 가면의 틈새로 붉은 안광이 흔들렸다.

최대한 정체를 숨기기 위해 노력했지만 수십 초식을 겨루면서 천마가 알아챈 듯했다.

어깨를 찔린 은색 가면의 남자가 낮은 어조로 물었다.

"언제부터 안 것이오?"

"초식으로 숨긴다고 해도 그 속에 담긴 내공이나 검의(劍意)마저 숨길 수가 있나?"

"내공이라……."

"정종의 내공을 내가 몰라볼 거라 생각했나? 멍청이들이로군."

그들이 펼치는 무공은 절대로 혈마교의 것이 아니었다.

혈마기가 근원이 된 것이 아니라 정종(正宗)의 내공이 바탕이 된 무공이었다.

"하아, 이래서 되도록 상대하지 않으려 했건만."

천마 정도나 되는 절세고수라면 길게 싸워야 무공의 연원을 파악할 거라 생각했는데 이렇게 빨리 눈치챌 줄은 몰랐다.

"일이 이렇게 되었으니 제대로 승부를 보는 게 좋겠구려."

은색 가면의 남자가 가면을 벗어 던지자 나머지 두 명도 따라서 가면을 벗었다.

가면을 벗자 이 대결을 지켜보고 있던 마교인들의 입에서 웅성거리는 소리가 들려왔다.

"저, 저자는 행방불명된 화산파의 장로인 허송 도장이 아닌가?"

"그 옆에는 팽가의 전대 가주인 팽무월이오!"

그리고 어깨를 찔린 자는 천마가 익히 알고 있는 얼굴이었다.

바로 모용세가의 부가주인 모용강이었다.

북해 정벌대의 모임 이후 종적을 감춘 것으로 알려진 모용강의 동공이 붉은 안광을 띠고 있었다.

[조사님, 저들은 전부 행방불명된 각 파의 고수들입니다.]

매선화가 다급한 목소리로 천마에게 전음을 보내왔다.

하지만 굳이 전음이 아니더라도 천마 역시도 이들의 내공을 통해 짐작하고 있었다.

다만 껍데기가 중요한 것이 아니라 그 안에 들어 있는 것이 문제였다.

모용강의 껍데기를 하고 있는 중년인이 의미심장한 눈빛으로 입을 열었다.

"제대로 인사하겠소. 오랜만에 뵈어서 영광이오, 마교의 절대자여. 본인은 대모용세가의 가주이던 모용순이라고 하오."

"흥! 천 년 만에 보는구나, 천마! 본 장주를 기억하느냐? 팽무청이다."

"원시천존, 원시천존. 오랜만에 뵙소이다, 마교주 천마. 화산의 태유올시다."

그들 각자의 소개를 들은 천마의 눈빛이 싸늘하게 굳어졌다.

정체를 밝힌 이들은 천 년 전에 천마가 무림을 활보하던 당시 명성을 떨치던 고수들이었다.

『천마님, 부활하셨도다』 10권에 계속…

초대형 24시 만화방

신간 100%, 샤워실, 흡연실, 수면실(침대석), 커플석, 세탁기 완비

▪ 시흥 정왕25시점 ▪

경기 시흥시 정왕동 1742-13 미스터피자 건물 5층
031) 319-5629

▪ 강북 노원역점 ▪

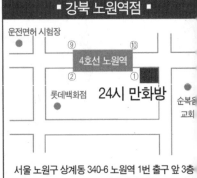

서울 노원구 상계동 340-6 노원역 1번 출구 앞 3층
02) 951-8324 (화용빌딩 3층)

▪ 일산 정발산역점 ▪

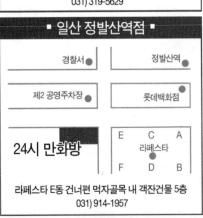

라페스타 E동 건너편 먹자골목 내 객잔건물 5층
031) 914-1957

▪ 일산 화정역점 ▪

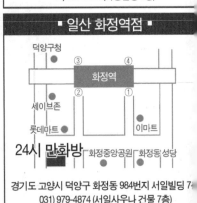

경기도 고양시 덕양구 화정동 984번지 서일빌딩 7층
031) 979-4874 (서일사우나 건물 7층)

▪ 부천 역곡역점 ▪

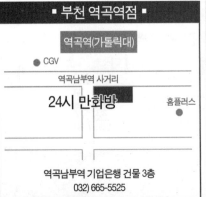

역곡남부역 기업은행 건물 3층
032) 665-5525

▪ 부평역점 ▪

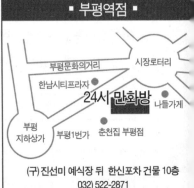

(구) 진선미 예식장 뒤 한신포차 건물 10층
032) 522-2871